Alexander Rentsch, seit 35 Jahren Journalist, davon 20 Jahre Roman- und Serienchef der *HÖRZU,* schreibt Drehbücher und Unterhaltungsliteratur. Weitere Romane zu der Fernsehserie »Liebling Kreuzberg« werden erscheinen.

Originalausgabe 1988
© Droemersche Verlagsanstalt Th. Knaur Nachf., München 1988
Das Werk einschließlich aller seiner Teile ist urheberrechtlich geschützt.
Jede Verwertung außerhalb der engen Grenzen des Urheberrechts-
gesetzes ist ohne Zustimmung des Verlages unzulässig und strafbar.
Das gilt insbesondere für Vervielfältigungen, Übersetzungen,
Mikroverfilmungen und die Einspeicherung und Verarbeitung
in elektronischen Systemen.
Umschlaggestaltung Wolfgang Lauter
Umschlagabbildung aus der gleichnamigen Fernsehserie
mit Manfred Krug
Satz IBV Satz- und Datentechnik GmbH, Berlin
Druck und Bindung Ebner Ulm
Printed in Germany   5 4 3 2 1
ISBN 3-426-01589-

Alexander Rentsch:
Neue Geschichten von Liebling Kreuzberg

Roman

Band 2

Liebling stand vor der Eingangstür zur Kanzlei und fixierte das neue Messingschild mit den eingelassenen schwarzen Lettern.

ROBERT LIEBLING RECHTSANWALT
UND NOTAR
G. ARNOLD RECHTSANWALT

Er zählte die Buchstaben der ersten Zeile und dann die der zweiten und nahm sich vor, Arnold auf das Mißverhältnis anzusprechen. Er schloß auf, ging ins Vorzimmer und sagte: »Tag!«
Weder Paula Fink noch Azubi Senta nahmen Notiz von ihm. Beide hatten die Kopfhörer der Diktatrecorder über den Ohren und schrieben in die Maschinen.
Ungegrüßt wollte Liebling in seinem Büro verschwinden, da brach die Naschsucht durch. In dem Schränkchen, auf dem die Kaffeemaschine stand, mußte der Puddingvorrat sein. Er sah nach, zog ruhelos alle Schubladen auf. Kein Pudding! Enttäuscht tapste er zu Paula und tippte ihr von hinten auf die Schulter. Sie zuckte nicht zusammen. Sie hatte sich in den Jahren der Zusammenarbeit daran gewöhnt, doch sie tat so, als bemerkte sie ihn erst jetzt, und nahm die Kopfhörer ab. »Guten Tag, Chef.«
»Hab' ich längst gesagt. Is kein Glibber mehr da?«

»Senta!« brüllte Paula. »Der Chef hat keinen Pudding mehr!«
Die Lautstärke verstand Senta sogar durch die Kopfhörer. »Geh' ja gleich!«
»Jetzt!«
Und Liebling offenbarte seinen Appetit: »Heute was Grünes. Waldmeister, wenn's recht is.«
Paula scheuchte Senta mit den Augen hinaus und sagte: »Frau Grund wartet auf Sie, Chef.«
»Worum geht's?«
»Unterhaltssache.«
»Kann das nicht Arnold übernehmen?«
»Sie hat einen Termin mit *Ihnen!*«
Die sanfte Betonung von Paula war für ihn ein Zeichen, in sein Büro zu eilen, einen Aktendeckel in die Hand zu nehmen und professionelle Bereitschaft vorzutäuschen. Keine Sekunde zu spät, denn schon brachte Paula die neue Mandantin zu ihm.
Frau Grund gehörte zu den molligen Typen; Liebling schätzte sie auf gut dreißig Jahre, und als sie sich setzte, stellte er fest, daß ihre Knie zu dick waren.
»Ich bin ganz Ohr, Frau Grund. Es geht um eine Unterhaltszahlung?«
»Ja, der Vater meines Sohnes hat dreieinhalb Jahre nicht gezahlt.«
»Und wie alt is das Kind?«
»Dreieinhalb Jahre.«
»Warum kommen Sie erst jetzt? Da hätte man doch schon früher was unternehmen können.«

Sie reichte ihm einen grünen Schnellhefter. »Juristisch ist alles geklärt. Es gibt ein Urteil, und es gibt einen Pfändungsbeschluß.«
Er blätterte in den Papieren und schüttelte den Kopf. »Der Mann is Italiener, lebt in Mailand. Und was sind das hier für Briefe?«
»Ich habe an die italienische Polizei, an das Mailänder Gericht und an das deutsche Konsulat geschrieben – hat alles nichts geholfen. Ich bekam nie eine Antwort.«
Diskret schob Paula sich in den Raum, stellte ein Tellerchen mit roter Götterspeise vor Liebling ab und flüsterte im Rückwärtsgang: »Waldmeister hat Senta nicht bekommen.«
Irritiert fuhr Frau Grund fort: »Die ganze Schreiberei und Mahnerei hat nichts gebracht. Die Italiener schalten einfach auf stur. Ob man nicht mit ihm persönlich was machen sollte?«
»Muß ich etwa nach Italien fahren?« fragte Liebling ablehnend.
Sie schüttelte den Kopf. »Giovanni nimmt hier an einem Kongreß teil. Ich bin heute mit ihm verabredet. Montag fährt er wieder weg. Er hat mich angerufen, weil er den Jungen sehen wollte.«
»Ist er verheiratet in Mailand?«
»Natürlich. Und er verdient sehr gut im Computergeschäft. Er hatte sogar angeboten, das Kind zu sich zu nehmen, aber zahlen will er keinen Pfennig.«
Liebling warf einen Blick auf seinen Terminkalender. »Wann sind Sie heute mit ihm verabredet?«

»Zwanzig Uhr.«
In die Rubrik 20.00 Uhr hatte er bereits »Anna!!!« gekritzelt. Drei Ausrufungszeichen bedeuteten den dringenden Hinweis: Roberts Bastelstunde. In seinem Hinterkopf tauchte Arnolds rettender Schatten auf, und so gewappnet verabredete er mit Frau Grund einen Telefontermin vor dem gemeinsamen Treffen.
Mit ungeheurem Genuß schnabulierte er seine Glibberspeise, trabte mit dem Tellerchen hinüber in Arnolds Bürozimmer und lächelte irre freundlich.
»Eine Frage, Herr Kollege: Warum haben wir eigentlich auf dem neuen Schild Ihren Vornamen nicht ausgeschrieben? Meine Zeile hat vierunddreißig Buchstaben, Ihre aber nur schlichte neunzehn – den Punkt hinterm G mitgezählt.«
»Giselmund sieht nicht gut aus«, sagte Giselmund.
»Aber Ihre Zeile hätte dann sechsundzwanzig Buchstaben gehabt – ohne Punkt.«
»Deswegen kommen Sie? Um mit mir zu rechnen?«
»Unter anderem – unter anderem. Oder stör' ich?«
»Ach was.«
Liebling kratzte die letzten Reste der Götterspeise zusammen. »Wir haben noch einen Termin beim Landgericht.«
»Mir bekannt. Und der wahre Grund Ihrer geschätzten Gegenwart?«
»Bei mir war eine Frau Grund. Lisa. Sie bekommt seit über drei Jahren keine Alimente. Der Mann is Italiener und lebt auch in Italien...«

»Rechtshilfeersuchen.«
»Seien Sie doch nich immer so furchtbar schlau. Is alles versucht worden, alles ohne Erfolg. Sie hat keine müde Mark bekommen. Zufällig is der Vater des Kindes hier in Berlin bei einem Kongreß. Er hat sich mit meiner Mandantin heute abend zum Essen verabredet, und Sie sollen mitgehen, und Sie sollen aus ihm die Kohlen rausholen, capito?«
»Woher wissen Sie, daß ich Italienisch spreche?«
»Ehrlich? Wußte ich nich. Is ja stark. Sie sind der ideale Mann für den Job.«
»Unmöglich«, lehnte Arnold ab, »ich kann nicht. Meine Frau hat heute abend ein Seminar, und ich muß aufs Kind aufpassen.«
»Für 'n Babysitter sind Sie zu intelligent. Kann das nich ein anderer tun? Ihre Eltern zum Beispiel oder Ihre Schwiegereltern?«
»Sehr witzig. Meine Eltern wohnen in Sindelfingen und meine Schwiegereltern in Stuttgart. Wie ist es denn mit Ihnen?«
»Würde ich Sie bitten hinzugehen, wenn ich Zeit hätte? Ich hab' keine. Jemanden einschüchtern kann ich sicher besser als Sie. Und mit Ihrer Frau können Sie nich noch mal reden?«
»Sie *muß* zur Uni!«
Robert sah seine Bastelstunde platzen, machte gereizt auf dem Absatz kehrt, doch als er ins Vorzimmer zu Paula und Senta kam, merkte er zufrieden, daß die Vorsehung Rücksicht nahm auf die biologischen Pläne. Seine Tochter Sarah erwartete ihn.

Da sie ein finanzielles Anliegen hatte, fiel die Begrüßung besonders herzlich aus. Sogar ihre Stimme klang wie in Zuckerwatte gepackt. »Hör mal, Paps, bald sind Ferien. Bis jetzt bin ich entweder mit Mami oder mit dir weggefahren. Oder mit euch beiden zusammen, als ihr noch verheiratet wart. Aber so weit kann ich mich kaum noch zurückerinnern.«
»Und weiter?« fragte Liebling mißtrauisch.
»Mann, du kannst einen angucken, da traut man sich ja kein Wort zu sagen. Ich will endlich mal alleine verreisen. Ich bin volljährig.«
»Geht's nich 'n bißchen kürzer? Ich hab' nämlich gleich 'nen Termin beim Landgericht. Du willst ganz alleine fahren?«
»Mit 'nem Typ, der heißt Hermann.«
Er dachte an ihre letzte Geburtstagsparty. »Ich denke, der heißt Moritz – der Kerl nach dem Wuppertaler Fußballspieler.«
»Du hängst immer 'n paar Wochen hinter der Entwicklung zurück«, tadelte sie. »Ich hab' schon fast vergessen, wie Moritz aussieht.«
»Im Prinzip hab' ich schon verstanden, worum's geht. Einzelheiten kannst du dir ersparen. Ich muß jetzt über was Wichtiges mit dir reden. Was hast du heute abend vor? Ich hab 'n Job für dich.« Den erwarteten Widerspruch erstickte er im Keim. »Ich bitte dich darum, du verdienst was dabei, und du kannst deine Reise vergessen, wenn du mir nich hilfst.«
»Erpresser! Was für 'n Job?«

»Babysitten bei Arnold.«
Sie wetzte Daumen und Zeigefinger aneinander.
»Und wieviel schaut raus?«
»Acht Mark die Stunde. Geh rüber und mach 'ne Zeit mit ihm aus.«
Sarah verschwand, und Liebling drückte den Arnold-Knopf auf der Gegensprechanlage. »Ich hab' 'ne gute Nachricht für Sie: Gleich klopft Ihr Babysitter an die Tür.«

*

Es ging um einen ungedeckten Scheck bei der Verhandlung im Saal 5 des Landgerichts. Der Beklagte und sein Fall waren jedoch nur blasser Hintergrund für Wortgefechte zwischen Dr. Rosemarie Monk, der Staatsanwältin, und den Verteidigern Liebling und Arnold.
»Wir haben der Frau Staatsanwältin eine Einigung angeboten«, sagte Robert Liebling, »aber sie hat abgelehnt und behauptet, die Verteidigung versuche, die Sache in die Länge zu ziehen. Nach wie vor halte ich es für nicht widerlegt, daß unser Mandant, als er den bewußten Scheck ausstellte, davon überzeugt war, dieser Scheck sei zum Zeitpunkt seiner Einlösung gedeckt. Die Frau Staatsanwältin reitet nun auf der Tatsache herum, daß Herr Schlicht«, er zeigte auf den Beklagten, »wegen Scheckbetrugs vorbestraft ist...«
»Was heißt, ich reite darauf herum?« unterbrach Frau Dr. Monk ihn. »Ist er's oder ist er's nicht?«

Liebling betrachtete sie so aufmerksam, daß es eher die Besichtigung eines Gegenstandes zum dauernden Erwerb wurde. »Er ist es, verehrte Kollegin. Aber deswegen dürfen Sie noch lange nicht so tun, als verhandelten wir heute diese andere Sache, die schon vier Jahre zurückliegt. Die Vorstrafe meines Mandanten verleitet Sie offenbar dazu, im vorliegenden Fall nicht so genau auf die Einzelheiten zu achten. Einigkeit besteht bisher nur darüber, daß der Scheck meines Mandanten nicht gedeckt war. Die Frau Staatsanwältin scheint genau zu wissen, daß Herr Schlicht den Scheck in betrügerischer Absicht ausgestellt hat. Den Gedanken, er könnte in gutem Glauben gehandelt haben, schließt sie vollkommen aus.«
»Haben Sie denn einen neuen Gesichtspunkt, Herr Verteidiger?« fragte Richter Griesbach.
Liebling beugte sich zu Arnold und flüsterte: »Sie sind dran.«
Arnold tippte mit dem Zeigefinger auf seinen Spickzettel. »Wir bitten, Frau Gabriele Walner als Zeugin zu laden. Sie wird bekunden, daß unser Mandant zum Zeitpunkt der Scheckausstellung einen größeren Eingang auf seinem Konto erwartete und deswegen, quasi sicherheitshalber, den Scheck um zwei Tage vordatiert hat. Zwei weitere Zeuginnen sind ebenfalls bereit, für den Beklagten auszusagen.«
Der Vorsitzende wurde tatsächlich ungehalten. »Warum sind Ihnen diese Zeugen nicht früher eingefallen?«

Liebling erhob sich und machte mit den geöffneten Händen eine Unschuldsgeste. »Wir hielten es für ganz selbstverständlich, daß die Staatsanwaltschaft mit einer Strafe auf Bewährung einverstanden sein würde. Deswegen haben wir diese Zeugin – und die erwähnten anderen – nicht früher ins Spiel gebracht. Wir wollten das Verfahren nicht unnötig komplizieren. Da die Frau Staatsanwältin aber so unerbittlich ist, bleibt uns nichts anderes übrig, als jede Möglichkeit zur Entlastung von Herrn Schlicht wahrzunehmen.«
Arnold kritzelte eine Notiz und hielt sie Liebling hin. Der las, wunderte sich und fügte seinen Ausführungen einen Schlußsatz hinzu: »Und außerdem – wir hätten gegen eine Vertagung nichts einzuwenden.«
Die Verhandlung wurde für fünfzehn Minuten unterbrochen. Das Gericht wollte sich beraten, und der Vorsitzende hatte den dringenden Wunsch, mit der Staatanwältin zu reden.
Liebling und Arnold gingen hinaus auf den Flur, und Arnold fragte: »Was wird er von ihr wollen?«
»Der bekniet sie, damit sie sich auf einen Vergleich einläßt. Ich nehme das an, nachdem ich Ihren Zettel gelesen habe. Woher wissen Sie denn, daß der Vorsitzende heute nach Teneriffa fliegt?«
»Habe ich aufgeschnappt in der Gerichtskantine. ›Der Griesbach fliegt heute nach Teneriffa‹, sagte der Geschäfsstellenbeamte der 18. Kammer zu irgend jemandem. Nun sitzt seine Frau zu Hause auf gepack-

ten Koffern, und er muß sich hier mit der blödsinnigen Schecksache herumschlagen.«
Liebling spielte Entrüstung. »Und unser Herr Schlicht, den die übereifrige Zicke unbedingt für zwei Jahre in den Knast bringen will, tut Ihnen nicht leid?«
Mit dem Kinn deutete Arnold zur Tür des Gerichtssaales, aus der die Staatsanwältin auf sie zukam. Liebling lächelte und spähte erwartungsvoll in ihr Gesicht.
Doch Frau Dr. Monk zeigte nur Spuren von unterdrücktem Ärger. »Die Zeugen, die Sie plötzlich aus dem Ärmel zaubern, existieren doch gar nicht! Mit denen wollen Sie bloß den Betrieb aufhalten!«
Liebling sah Arnold an. »Was habe ich Ihnen gesagt, Herr Kollege? Mit der Frau kann man nicht normal reden. Entweder sie blafft einen an, oder sie redet wirr.«
Rosemarie Monk atmete so tief ein, als wollte sie gleich in die Luft gehen, und schaute so verständnislos, als weigere sie sich, Lieblings Worte zu begreifen.
Arnold blickte sie treuherzig an und versicherte ihr: »Ja, das hat er gesagt. Und so gemeint.«
Ganz langsam ließ sie halblaut pfeifend die Luft ab. »Irgendwie haben Sie herausbekommen, daß Griesbach in Urlaub fährt und unter Zeitdruck steht! Jetzt versuchen Sie, Ihre Bedingungen durchzusetzen oder das Verfahren platzen zu lassen!«

»Was sagen Sie?« Liebling brachte seine Verblüffung durchaus echt. »Der Mann will in Urlaub? Warum verhandelt er dann so endlos lange?«
»Sie können nicht mal anständig heucheln«, sagte Frau Dr. Monk gepreßt.
»Was ist heucheln, und was ist anständig heucheln?« fragte Arnold. »Glauben Sie ernsthaft, wir verzichten auf eine konsequente Verteidigung, nur weil die Zeit drängt?«
Die junge Staatsanwältin taxierte Lieblings Wert. »Wissen Sie, was ich denke, Herr Arnold? Daß Ihr Herr Liebling im Privatleben ein ziemlicher Macho ist!«
»Macho?« Arnold schaute ergeben zur weißen Flurdecke. »Damit weiß ich nichts anzufangen. Ich habe noch nie als Frau mit ihm zu tun gehabt.«
Dr. Monk fühlte sich auf den Arm genommen und trat die Flucht nach vorn an. »Um es kurz zu machen: Ich nehme Ihren Strafmaßvorschlag an – ehe das ganze Verfahren nach dem Urlaub von Grießbach noch mal angeleiert werden muß. Also: Zwei Jahre auf Bewährung.«
»Wir haben anderthalb vorgeschlagen«, sagte Liebling schnell.
»Nun machen Sie aber mal einen Punkt!« rief sie aufgebracht und eilte auf die Saaltür zu.
Die beiden Verteidiger wechselten einen diskreten Blick miteinander, und Liebling fragte: »Geht der Vorsitzende darauf ein, Frau Staatsanwältin?«

Sie drehte sich um. »Der fällt Ihnen um den Hals!«
Liebling blickte ihr nach, bis sie im Gerichtssaal verschwand. »Nette Person!«
Arnold sah ihn verblüfft an. »Woher kommt der plötzliche Sinneswandel? Vorhin redeten Sie noch per Zicke von ihr.«
»Ich hab' sie mir mal eben ohne schwarze Robe und ohne dieses Getue vorgestellt. Nur so als Frau. Und da muß ich sagen: Nette Person. Ich frage mich bloß: Wie kommt sie auf Macho? Das ist doch so was wie 'n Macker oder 'n Chauvi mit seinem auf die Mannesmannröhre reduzierten Selbstwertgefühl, oder? Ich fühl' mich nich getroffen.«

*

Im Restaurant »Roma«, in der Nische für Landsleute, wartete Giovanni Lara auf die Begegnung mit Lisa Grund, der Mutter seines unehelichen Sohnes. Giovanni, aus den engen Hosen der Paparazzi längst hinausgewachsen, zeigte mit goldener Rolex, stark beringten Fingern, Seidenkrawatte und bunter Weste zum hellen Anzug, daß er sich etabliert hatte.
Als Lisa Grund kam, erschrak er, denn sie wurde von einem blonden Mann begleitet. »Du hast einen Freund mitgebracht?«
»Herr Arnold. Er ist nicht mein Freund, sondern mein Rechtsanwalt.«
Giovanni zeigte mit schmerzlich verzogenem Gesicht und verzichtender Gestik, wie verletzlich er zu sein schien. »Wir treffen uns nach so viele Jahre, und du bringst Advokat mit.«

»Du hast mir keine andere Wahl gelassen«, antwortete sie.
Nachdem der Kellner die Speisekarten auf den Tisch gelegt hatte, sagte Arnold: »Es geht darum, Herr Lara, daß Sie seit mehr als drei Jahren Ihrer Unterhaltspflicht für Ihren Sohn nicht nachgekommen sind. Nach deutschem Recht müssen Sie...«
»Ihre deutsche Recht können Sie in Ihre Haare schmieren!« sagte Giovanni grob.
Lisa Grund, durch die mißlungenen Mahnungen an Giovannis Adresse in den letzten Jahren ohnehin genervt, war sofort den Tränen nahe, putzte sich geräuschvoll die Nase und blinzelte Arnold an. »Und was jetzt?«
Giselmund spürte, daß dieser Italiener ganz gewiß nicht sein Verhandlungspartner werden würde, und um Zeit zu gewinnen, sagte er: »Entschuldigen Sie, aber ich muß mich mit Rechtsanwalt Liebling kurz beraten.«
Als er aufstand und zur Telefonzelle neben der Küche ging, grinste Giovanni ölig. »Lisa – statt Advokat du hättest meine Sohn mitbringen müssen!«
Arnold warf zwei Groschen ein und wählte Lieblings Wohnung an. Fünfmal lauschte er auf den Sekundentakt des Freizeichens. Dann erst wurde abgehoben, und er vernahm Annas stimulierte Stimme: »Ja? Was – was wollen Sie denn?« Ein unterdrückter Kiekser folgte.
Arnold zuckte zusammen und legte sofort wieder

auf. Er hatte, Annas harmonische Tonlage ließ keinen Zweifel zu, tatsächlich Roberts private Nummer erreicht...
Warum nahm sie den Hörer ab, wenn die Umstände eindeutig dagegen sprachen, überlegte er auf dem Rückweg zum Tisch. War sie eine von jenen emanzipierten Journalistinnen, die in jeder Lage erreichbar sein möchten?
»Was hat Herr Liebling gesagt?« fragte Lisa Grund hoffnungsfroh.
Arnold mußte sie enttäuschen. »Er will die Sache überschlafen. Morgen will er etwas unternehmen.«
Giovanni befand sich in Hochform. Der Advokat war für den heutigen Abend abgeschmettert. Und da Arnold das gleiche Gefühl hatte, ließ er Lisa Grund und den Vater ihres Sohnes allein speisen.

*

In den Vorhallen vom Berliner Congreß-Centrum ging es zu wie auf einem Bahnhof zur Ferienzeit. Lisa Grund stand mit ihrem Sohn an der breiten Fensterseite und machte mit erhobenem Arm Robert Liebling auf sich aufmerksam.
Er trottete auf sie zu, begrüßte sie und stellte einen etwas zu klein geratenen Mann vor, der ihn begleitete. »Das ist Herr Kalinke, unser Gerichtsvollzieher, der bei Ihrem Giovanni eine Taschenpfändung vornehmen wird. Alle Rechtstitel und den Auftrag habe ich beisammen.«
»Aber Giovanni trägt bestimmt keine 30 000 Mark mit sich herum«, gab Lisa Grund zu bedenken.

Liebling beschwichtigte sie mit einer Handbewegung. »Herr Arnold sagte mir, da wären eine teure Rolex und ein paar Brillantringe zu holen. Das ist schon was.«
»Das mit der Uhr wird nicht klappen«, sagte der Gerichtsvollzieher. »Eine Uhr ist nicht pfändbar.«
Liebling grinste schlau. »Austauschpfändung nach Paragraph 811 a, ZPO, Herr Kalinke. Der gerichtliche Beschluß liegt vor, und ich habe 'ne Korea-Zwiebel für fünf Mark dabei, damit er weiß, was die Glocke geschlagen hat.«
Er marschierte zum Informationsstand, schwatzte mit einer ranken Dame, die sich nach drei Seiten zugleich in drei verschiedenen Sprachen unterhielt, und dann dröhnte es in deutsch und italienisch über die Lautsprecher: »Herr Giovanni Lara aus Mailand wird gebeten, sich in der Vorhalle an der Information zu melden!«
Kurz darauf eilte er ahnungslos in die Halle, und die Hosteß im Informationsstand zeigte ihm, wer auf ihn wartete. Er ging auf die Gruppe zu, hatte jedoch nur Augen für den Jungen. Er hob ihn hoch und lächelte ihn an. »Weiß er, daß ich bin seine Papa?«
»Frag ihn selbst«, sagte Lisa.
Giovanni versuchte das. »Sag mir – wer ist deine Papa? Weißt du, morgen, wir gehen in Zoologische Garten und lachen über Affen, si?«
Der Knabe wollte weder von dem nach »Silvestre« duftenden Italiener noch vom Zoo etwas wissen. Mit

unwilligen Bewegungen trachtete er danach, wieder festen Boden unter die Füße zu bekommen.
Jetzt erst nahm Giovanni von Robert Liebling Notiz und fuhr Lisa Grund an: »Hast du wieder jemand mitgebracht! Wer ist das?«
»Ich heiße Liebling und bin der Anwalt von Frau Grund.«
Giovanni trat einen Schritt auf ihn zu, als wollte er ihn verscheuchen. »Kenne ich den Advokat! Klein, blond, hübsch!«
Hübsch, das gab Liebling zu denken. »Ich bin's trotzdem. Und dieser Herr ist Gerichtsvollzieher, capito? Usciere, ja? Und das, was er macht, heißt italienisch sequestrare, pfänden. Haben Sie das verstanden?«
Giovanni verstand es, verdaute es, drehte sich um und wollte in den Konferenzsaal zurück. Liebling pirschte hinter ihm her und stellte sich ihm in den Weg.
»Hören Sie mal zu: Sie werden heute und hier gepfändet! Sie haben nur eine Wahl: Wir können die Polizei holen und 'ne große, laute Geschichte daraus machen, oder wir können beiseite gehen und die Sache still und leise hinter uns bringen. Hängt von Ihnen ab.«
Giovanni fluchte unterdrückt jene italienischen Unanständigkeiten vor sich hin, von denen deutsche Touristen immer meinen, es seien gastfreundliche Redensarten.
Kalinke präsentierte ihm den Pfändungsbeschluß.

»Ich habe den Auftrag, eine Summe in Höhe von 26435 DM und 76 Pfennigen bei Ihnen zu pfänden. Die genaue Aufstellung können Sie diesem Schein entnehmen. Sind Sie bereit, Ihre Taschen vollständig auszuleeren und mir den Inhalt zur Prüfung vorzulegen?«
»Müssen Sie das vor alle die Leute hier tun?« brauste Giovanni auf. »Vielleicht, wir stellen uns gleich drin auf Bühne!«
Liebling lief abermals zur Information, um nach einem freien Tagungsraum zu fragen, und Giovanni blaffte Lisa an: »Hab' ich nicht gesagt, du kannst das Kind geben nach Milano? Hab' ich nicht gesagt, ich tu' alles für ihn?«
»Du sollst nicht alles für ihn tun, du sollst nur deinen Anteil am Unterhalt bezahlen.«
Vom Informationsstand her winkte Liebling dem Gerichtsvollzieher und zeigte auf eine Tür hinter sich. Kalinke machte Giovanni aufmerksam und sagte zu Frau Grund: »Ich meine, Sie sollten mit dem Kind besser draußen bleiben. So was ist ja nicht sehr erbaulich.«
Unterwegs fand Giovanni genug Zeit, seinen wertvollsten Ring abzuziehen und unauffällig in sein Schlüsseletui zu bugsieren. In dem kleinen Tagungszimmer ließ er es zu Boden gleiten und schob es mit dem Fuß unter den Tisch.
»Sie kennen sicher das rechtskräftige Urteil, das die Grundlage für diese Pfändung darstellt«, sagte Kalinke.

Liebling vollführte eine Wegwerfbewegung. »Das kennt der in- und auswendig!«

»Sie haben jetzt letztmalig Gelegenheit«, fuhr Kalinke fort, »die Taschenpfändung zu verhindern, indem Sie mir die volle zu pfändende Summe in Bargeld aushändigen. Sind Sie dazu in der Lage?«

»Er rückt freiwillig keinen Pfennig raus«, sagte Liebling. »Auf dem Ohr is' er taub.«

Das Gesicht von Giovanni Lara verzog sich schmerzlich, als er Kalinke fragte: »Darf dieser Herr mit mir so reden?«

»Ich möchte noch ganz anders mit Ihnen reden«, polterte Liebling. »Erst läßt er die arme Frau dreieinhalb Jahre für das Kind blechen, und jetzt will er den Sensiblen spielen, dem hier nur Unrecht getan wird.«

Der Gerichtsvollzieher legte den Pfändungsauftrag, den Schuldtitel und das Protokoll vor sich auf den Tisch. »Wir sollten jetzt zur Sache kommen, Herr Lara. Legen Sie bitte sämtliche Gegenstände, die sich in Ihren Taschen befinden, hier vor mich hin.«

Widerwillig begann Giovanni mit dem Ausräumen seiner Garderobe: Taschentuch, Notizbuch, Brieftasche mit Paß und Kreditkarten, eine Handvoll Münzen, ein paar Scheine.

Kalinke zählte das Geld und trug die Summe ins Protokoll ein. »Es handelt sich um 147 DM und 20 Pfennige.«

»Die Uhr«, raunte Liebling und schob Kalinke den

Beschluß über die Austauschpfändung über den Tisch.

»Haben Sie das Ersatzstück, das Sie dem Schuldner überlassen können, Herr Liebling?«

Das Billigprodukt aus Fernost mit der schmalen Digitalanzeige kam über den Tisch angerutscht. Kalinke verglich die Zeit auf dieser Uhr mit der auf seiner eigenen und forderte von Giovanni: »Geben Sie mir bitte Ihre Armbanduhr.«

Abermals machte Lara sich Luft mit italienischen Verben im Mailänder Jargon, die männliche und weibliche Attribute unter der Gürtellinie bezeichnen, als er die goldene Rolex abstreifte und auf den Tisch legte.

Kalinke schätzte die Uhr, notierte die Summe im Protokoll und erklärte: »Ich veranschlage den Wert der Uhr mit 3500 DM, und ich muß Sie darauf aufmerksam machen, daß die Pfandstücke am Dritten des nächsten Monats versteigert werden. Bis dahin können Sie sie zurückerhalten, wenn Sie die volle Summe erstatten, die zu pfänden ist. Nach der Versteigerung zählt nur der tatsächliche Erlöswert.«

Ob Giovanni das genau verstanden hatte, war Liebling plötzlich ganz egal, er vermißte an Laras Hand den Brillantring, den der getragen hatte, als er seinen Sohn begrüßt hatte.

»Herr Kalinke – würden Sie bitte in seinen Taschen nachsehen? Ich weiß genau, daß er vorhin einen Ring mit so 'nem Bucker getragen hat. Der is weg.«

Giovanni grinste Liebling an, als der Gerichtsvollzieher die Taschen untersuchte und nichts fand. Das stank dem Robert Liebling gewaltig, er stürmte hinaus zu Lisa Grund und schwor sich, daß einer, der ihn verarschen wollte, erst geboren werden mußte.

»Frau Grund, kramen Sie doch mal in den Taschen von Ihrem Sohn.«

»Was soll da drin sein?«

»Ein Brilli! Lara hatte vorhin den Jungen auf dem Arm, da trug er den Ring noch. Ich trau' dem 'ne Menge Tricks zu.«

Lisa untersuchte die Taschen ihres Sohnes, fand jedoch außer drei Honigbonbons nichts.

»Is' Lara mit dem Flugzeug nach Berlin gekommen?« wollte Liebling wissen.

»Mit dem Wagen.«

Liebling erinnerte sich genau: Giovanni hatte alle Taschen ausgeräumt, auf dem Tisch lagen jedoch keine Autoschlüssel – und Kalinke hätte sie bei der letzten Kontrolle sicher gefunden. Er trottete zurück in den Tagungsraum, ließ sich auf die Knie nieder und kroch auf allen vieren unter die Tische.

»So ein Scheißer«, hörte Kalinke auf einmal, dann tauchte Liebling wieder auf und warf ihm das Schlüsseletui auf den Tisch. »Sie werden sehen, das gehört ihm! Machen Sie mal auf.«

Kalinke öffnete den kurzen Reißverschluß. Autoschlüssel befanden sich darin, und der Ring kullerte heraus. Kalinke betrachtete ihn eingehend. »Ich bin

kein Juwelier, aber das könnte ein Smaragd sein, umgeben von Brillanten. Ich trage den Ring mit 2000 DM ins Protokoll ein.«
Liebling angelte sich mit zwei Fingern die Wagenschlüssel und ließ sie vor Giovannis Gesicht baumeln. »Und wo steht Ihr Auto?«
Als Lara schwieg und so tat, als habe er mit der ganzen Angelegenheit nichts zu schaffen, ließ Kalinke sich die Schlüssel geben und versuchte es im amtlichen Ton. »Wo befindet sich der zu diesen Schlüsseln gehörende Wagen?«
Lara versenkte seine Hände in den Taschen und stellte sich taub.
Liebling platzte der Kragen. »Wissen Sie was, Herr Kalinke? Ich lass' jetzt über Lautsprecher ausrufen, daß wir gerade Giovanni Lara aus Mailand pfänden – und ob uns jemand sagen kann, wo sein Auto steht.«
Plötzlich wurde Lara munter und kooperativ. »Ich zeig' es Ihnen.« Eilig raffte er seine Utensilien vom Tisch, verstaute sie und ging voran zum Lift in der Vorhalle, mit dem das Parkdeck erreicht werden konnte.
Kalinke stieg ein, Lara und Liebling und ein älteres Ehepaar folgten. Nun zeigte sich, daß Giovanni seine Kleingangster-Lektionen gelernt hatte. Als Kalinke den Zielknopf zur Park-Etage drückte und die Türen sich langsam schlossen, schlüpfte die Zierde Mailands hinaus, Liebling und Kalinke konnten

nicht folgen, das Ehepaar stand im Weg, der Lift fuhr abwärts.
Kaum war der Fahrstuhl angekommen, drückte Kalinke den Startknopf, und es ging wieder hinauf.
»Was ist denn hier los?« empörte sich der alte Herr.
»Vielleicht hat er noch ein Paar Ersatzschlüssel«, befürchtete Liebling.
Kalinke schüttelte den Kopf. »Glaub' ich nicht. Ich habe ihm ja in alle Taschen gefaßt.«
»Ich habe gefragt, was hier los ist?«
Der Fahrstuhl hatte die Vorhalle wieder erreicht, und Liebling antwortete höflich: »Eine Verfolgungsjagd für 'n alten Slapstickfilm, entschuldigen Sie.«
Selbstverständlich befand sich Giovanni nicht mehr in der Vorhalle. Frau Grund allerdings, auf den Erfolg der Taschenpfändung wartend, saß mit ihrem Sohn immer noch auf der Bank.
»Haben Sie gesehen, wohin Ihr Giovanni gelaufen ist?« fragte Liebling. »Eben is er aus dem Fahrstuhl abgehauen.«
Sie erschrak. »Soll das heißen, alles war umsonst?«
»Wenn er noch hier wäre, könnte ich ihm den Durchschlag des Pfändungsprotokolls geben«, rief Kalinke.
Liebling neigte sich zu Frau Grund und brummte: »Das is nun für 'n deutschen Beamten das Wichtigste.« Er richtete sich auf. »Nich so eilig mit dem Protokoll. Vielleicht müssen Sie noch das Auto von unserem Kunden eintragen. Wir sollten's suchen.«

Unbeachtet von den Erwachsenen stand der Junge neben seiner Mutter und wies mit ausgestrecktem Arm zu den Toiletten am anderen Ende der Vorhalle. Endlich bemerkte Liebling, daß der Knabe etwas mitteilen wollte. »Du meinst – da is er rein?«
Das Kind nickte, und Liebling rannte los. Tatsächlich stand Giovanni in der Herrentoilette am Fenster, rauchte eine Zigarette und machte den Eindruck, als habe er Liebling erwartet. »Wenn Sie mich nicht in Ruh' lassen, ich zeige Sie an wegen... coattazione!«
»Sie sind ja 'n richtiger Witzbold, Herr Lara! Coattazione is' Nötigung! Finden Sie, daß Ihnen Unrecht geschieht? Meinen Sie, das ist in Ordnung, wenn Sie der Frau Grund ein Kind anhängen und sich dann aus dem Staub machen? Nach mir die Sintflut, Mailand is weit?«
»Ich möchte mich nicht unterhalten mit Ihnen!«
»Ich eigentlich auch nicht mit Ihnen, aber wir haben nun mal miteinander zu tun. Und jetzt avanti! Zeigen Sie uns Ihr Auto!«
Es wurde ein beschwerlicher Gang für Giovanni zu seinem weißen Lancia Delta S4 im Parkhaus. Liebling pfiff anerkennend durch die Zähne, als er das Fahrzeug in Augenschein nahm. »Respekt! Fünfundzwanzig Mille hat er dafür hinblättern müssen. Und der Schlitten is' noch ganz neu. Sie haben Schwein, Frau Grund. Wär ja denkbar gewesen, die Taschenpfändung hätte bloß drei Mark fuffzig gebracht.«

Gerichtsvollzieher Kalinke war weniger enthusiastisch. Da er bei Laras persönlicher Habe keine Wagenpapiere gefunden hatte, schloß er flink die Beifahrertür auf und griff hoffnungsvoll ins Handschuhfach. Und siehe da, Fahrerlaubnis und Zulassung befanden sich in einer Plastikhülle mit dem Werbeaufdruck einer Benzinfirma.

Liebling konnte sich nicht verkneifen, Lara anzufrozzeln. »Das is aber sehr unvorsichtig von Ihnen. Wenn ein Autodieb die Papiere gefunden hätte, würden Sie den Wagen nie wiedersehen!«

Giovanni bekam feuchte Augen. Sein Wagen lag ihm viel näher am Herzen als sein Sohn. Einen Sohn konnte er sich zur Not immer wieder fabrizieren, aber einen Lancia Delta S4 – der wollte in Mailand erst mal verdient sein.

»Was ist mit dem Auto?« jammerte er.

Kalinke setzte zu einer seiner geschliffenen Erklärungen an, bei denen auch Sprachwissenschaftler zusammengezuckt wären. »Grundsätzlich sollten die gepfändeten Gegenstände im Gewahrsam des Schuldners verbleiben. Da das aber in diesem Fall zu einer Gefährdung der Befriedigung des Gläubigers führen würde, überstelle ich den Wagen in die Garage der Pfandkammer.«

»Fabelhaft«, freute Liebling sich. »Das haben Sie unserem italienischen Freund sehr plausibel erläutert.«

Kalinke trug den von ihm geschätzten Wert des Wa-

gens in sein Protokoll ein und überreichte Giovanni, als letzte Amtshandlung, den Durchschlag.
Lisa Grund verfolgte neugierig alles, was geschah.
»Bis jetzt war's ja schon ganz hübsch. Und wann bekomme ich nun mein Geld?«
Liebling zeigte auf den Gerichtsvollzieher. »Das hat er vorhin gesagt. Die Versteigerung ist am nächsten Dritten, soll heißen, am Vierten oder Fünften kommen Sie an den Erlös ran.«
»Und wenn mehr Geld bei der Versteigerung herauskommt, als ich zu beanspruchen habe? Was wird damit? Kriegt Giovanni das zurück?«
»Logisch.«
»Könnte man das nicht einbehalten?«
Liebling begriff nicht sofort. »Warum das denn?«
»Na, denken Sie, der zahlt in Zukunft Unterhalt?«
Er piekte mit dem Zeigefinger in ihre Richtung. »Sie meinen, man sollte auf Vorrat pfänden? Die Idee is nich schlecht. Ausbaufähig. Leider gibt's noch kein Gesetz dafür.«

*

»Schade, daß ich nicht dabei war«, bedauerte Giselmund Arnold. »Ich habe noch nie eine Taschenpfändung mitgemacht.«
Liebling würgte sich eine seiner schreiend bunten Krawatten aus türkischer Halbseide unter den Kragen, verpatzte den Knoten, riß ihn wieder auf, probierte es noch mal und stellte endlich etwas her, das verdammte Ähnlichkeit hatte mit einer platten

Tulpe. »Sie haben nich viel versäumt. War 'n bißchen zäh, dieser Giovanni. Als Ausgleich dürfen Sie sich in die Seele Thailands vertiefen. Lassen Sie mich mal vorbei.«
Liebling latschte aus seinem Büro ins Vorzimmer. »Paula, geben Sie ihm die Akte Brümmer. Ich muß weg.«
Grußlos verließ er die Kanzlei, und Arnold äußerte: »Seine Laune ist nicht gerade von der feinen Sorte. Hat er Ärger?«
Paula zögerte zuerst, ob sie Familiengeheimnisse preisgeben dürfte, doch dann schien sie die Sache lockerer zu betrachten. »Heute wird er seine Freundin Anna los. Sie geht nach Rom.«
Internen Klatsch bekam Senta Kurzweg unter ihren Kopfhörern mit. »Deswegen zieht der so 'ne Fleppe? Der soll doch drei Kreuze machen, daß er die Tussi los is!«
»Ich möchte das nicht gehört haben, Senta!« rügte Paula. »Herr Arnold, die Akte Brümmer, Hugo.«
»Hugo war sein Name, seine Tochter saß am Fenster und nähte, hell auf schrie sie, als sie sich stach«, rezitierte Senta albern ohne Punkt und Komma, aber mit lauter Betonung der Worte »hell auf«.
Arnold öffnete den Schnellhefter und fand nur einen Zettel mit Lieblings Notiz: »Brümmer klaut Thai-Frau.« Folgten Datum, Uhrzeit und Namenskringel.
»Das ist ja jetzt«, rief er.
Paula Fink spannte einen Bogen in die Schreibmaschine. »Sehr richtig bemerkt, das ist jetzt.«

Er goß sich eine Tasse Kaffee am Automaten ein, verzog sich in sein Zimmer und machte sich Gedanken über den Tathergang des Krimis »Brümmer klaut Thai-Frau«. Die heiße Jagd über den schwimmenden Markt im Deltagebiet von Ratchaburi, durch Gassen der Pfahlbauten, von glatzköpfigen Bettelmönchen verfolgt, an Tempeldämonen vorbei, durch Reisfelder, Sümpfe und grünen Dschungel, wurde gerade spannend, da riß Senta die Tür auf und sagte: »Herr Brümmer, und den anderen Namen habe ick nich verstanden.«

Hugo Brümmer, so hoch wie breit, ein Mann in jenem Alter, wo Frust auch Kontaktarmut bedeutet, schob ein Thai-Mädchen in Jeans und bunter Bluse über Arnolds Schwelle auf den nächsten Besucherstuhl. »Dis ist Frollein Ananda Lahu.«

Arnold lächelte ihr zu, sie lächelte zurück, und Hugo Brümmer freute sich. »Eijentlich warn wir ja mit ein' Herrn Liebling verabredet jewesen, aba nu' sagt uns die Dame draußen, det er nich jejenwärtich is. Macht nischt. Uns is der eene jute Anwalt jenau so lieb wie der andere.«

»Womit kann ich Ihnen also helfen?« fragte Arnold.

Ananda lächelte und nickte. Sie hatte nichts verstanden.

»Ob Sie dis könn', wird sich noch erweisen. Es jeht um Frollein Ananda Lahu. Wenn's Ihn' recht is', hol' ick 'n bißken weiter aus, wa? Vis à vis von mein' Haus inne Reichenberger Straße wohnt Ede Wach-

telberg. Er betreibt ein Blumenjeschäft, und in sein' letzten Urlaub issa nach Thailand jedüst.«
Arnold nickte, und Ananda strahlte ihn an.
»Bei ein' Institut in Bangkok hatta sich 'n Meechen ausjesucht, zwölftausend Flöhe übern Tisch jereicht, und denn hamse ihm besagte Dame mit ein' gültiges Besuchervisum überstellt, und nu' isse hier.«
Ananda lächelte, nickte mit dem feinen Köpfchen, rollte mit den dunklen Äugelchen.
»Versteht sie das?« fragte Arnold.
Brümmer feixte. »Keen Wort!«
»Was kann ich also für Sie tun? Worauf läuft Ihre Geschichte hinaus?«
»Passense Obacht! Ede Wachtelberg, wat mal mein Freund war, nimmt die Ananda also in Empfang, jeht mit ihr zur Ausländerbehörde wejen die Aufenthaltserlaubnis und spricht dort, det er sie heiraten möchte.«
»Und? Hat er?«
»Nee. Sie hat nämlich jemerkt, det Ede Wachtelberg 'ne trübe Tasse is'. Da hatt se von den Verlöbnis Abstand jenomm' und ihn verlassen. Sehnse, nu wohnt se bei mir. Dis könnte allet reine Sahne sein, wenn der Querkopp nich dauern stänkern würde.«
Irritiert, weil Ananda ihn unentwegt anlächelt, sagt Arnold: »Ich kann mir vorstellen, daß Herrn Wachtelberg die neue Situation nicht paßt, aber wie ärgert er Sie denn?«
»Ja, wie? Kaum wohnte Ananda bei mir, kommt Ede

Wachtelberg und verlangt von mir zwölftausend Eier. Ich sage zu ihm: Ede, bei allem Vaständnis für deine Lage, aba du hast doch woll den Arsch offen! Da knallt der mir eene!«
Überraschend für Brümmer fragte Arnold: »Können Sie mir verraten, was Sie von Beruf sind?«
»Ick arbeete inne Jastronomie. Ick bin Kellner. Jut, ich war ooch bereit, seine Tätlichkeiten zu verjessen, aba et verjeht keen Tag, wo er mir nich' bedroht oda dis Jeld von mir valangt. Neulich hatta mir 'n Stein int Fenster jeschmissen.«
»Wollen Sie Anzeige gegen ihn erstatten?«
»Ehrlich jesagt, Herr Anwalt – nee. Hat denn Ede Wachtelberg irjentwelche Ansprüche jejen meine Person?«
»Gegen Sie auf keinen Fall. Höchstens gegen Fräulein Ananda.« Sie sah ihn ganz lieb an. »Er hat in Erwartung der Ehe Aufwendungen gemacht und ist Verbindlichkeiten eingegangen. Fragt sich, ob die Aufwendungen sittenwidrig sind. Bei den zwölftausend Mark vermute ich das.«
»Sittenwidrich? Na, det stinkt mir! Wissense, ick würde det schätzen, wenn man sich friedlich einijen könnte. Nich', weil ick Angst habe vor Ede Wachtelberg, sondern weil ick ihn irjendwie vastehe. Jibt so eine Kohle aus, und denn is' außer Spesen nischt jewesen. Vielleicht hängt er sojar an dis Mädel – will ick nich ausschließen. Det einzichste, wat ick will: Er soll mir, beziehungsweise uns, in Ruhe lassen.«

Bei dem ewigen verständnislosen Thai-Lächeln fragte Arnold sich, wie der Tag zwischen Hugo Brümmer und Ananda wohl ablief. »Auf welche Weise verständigen Sie sich eigentlich mit ihr?«
»Dis is wirklich 'n wunder Punkt, Sie! Aba die lernt jeden Tach wat dazu. Passen Se mal uff.« Er holte eine Zigarette aus der Packung und hielt sie hoch. »Hier, Ananda, was is' dis?«
»Zigerrette«, jubelte Ananda strahlend.
»Ham Se det jehört?« fragte Brümmer stolz.
Das Thaimädchen war entzückt, als Arnold herzlich lachte. »Herr Brümmer, Sie sind ein Genie. Ich schlage vor, wir treffen uns Ende der Woche mit Herrn Wachtelberg, denn ich möchte wissen, wie er die Sache sieht.«

*

Im Restaurant vom Berliner Flughafen Tegel saßen Robert Liebling und Dauerfreundin Anna zwar an einem Tisch, doch das war schon der Gipfel der bedrückenden Gemeinsamkeit. Damit wenigstens etwas geschah, rührten sie beide in ihren Kaffeetassen, obwohl weder Liebling noch Anna den Zucker ausgewickelt und hineingeworfen hatten.
»Hast du mir was mitgebracht?« fragte sie, um die Pause kürzer zu machen.
Er unterbrach das Rühren in der Tasse, als müsse er das schwierige Ansinnen erst begreifen. »Was meinst du?«
»Na, zum Abschied schenkt man sich was. Hast du das nie gehört?«

Roberts Gesicht drückte abartigstes Nichtwissen aus. »Nee. Sag mir, was du dir wünschst, ich schick's dir nach.«
Sie rührte jetzt nicht im Kreis herum in der Tasse, sondern vollführte mit dem Löffel eine diagonale Bewegung. Zehnmal. Dann sagte sie: »Ich wünsch' mir nichts.«
Lange Pause.
Nun fiel Robert ein interessantes Thema ein. »Isses nich' sauschwer, in Rom 'ne Wohnung zu finden?«
Sie antwortete sofort, dankbar für seinen Wissensdurst. »Wahrscheinlich. Der Verlag hilft mir dabei.«
Das Thema war noch nicht ausgeschöpft. »Und so lange wohnst du im Hotel?«
»Ja.«
Sicher, er hätte noch fragen können: In welchem Hotel, und wo liegt es? Und wo wird dein Redaktionsbüro sein? Doch so vertiefen wollte er den Fall nun auch wieder nicht.
Dafür machte sich Anna an die posthume Pflege ihrer Beziehungen. »Tut's dir eigentlich leid, daß ich Berlin verlasse? Wär doch nett, wenn du sagen würdest: Schade, daß du so weit weggehst.«
»Wer hätte was davon?«
»Ich.«
Schnell tat er sich Zwang an. »Also schön, es tut mir leid.«
Sie gab noch nicht auf. »Würdest du dich freuen, wenn ich hierbliebe?« Als er dumm schaute, fuhr sie

gleich fort: »Keine Angst, ich hab' fest zugesagt, ich *muß* nach Rom.«
Er klopfte väterlich auf ihre Hand. »Für mich is das auch 'ne italienische Woche. Wenn du mal nach Mailand mußt, mach 'n großen Bogen um alle, die Giovanni heißen, die wollen sich bloß vermehren.«
Der Flug Frankfurt–Rom wurde aufgerufen, und das war gut so, denn sie begriff gar nicht, was er meinte.
Er begleitete sie bis zur Paß- und Gepäckkontrolle, und dort versuchte sie, die Trennung unwirklich erscheinen zu lassen. »Kommst du mich mal besuchen?«
Er nickte abwesend.
Sie verlängerte, typisch weiblich, ihre Frage. »Und *warum* würdest du mich besuchen?«
»Das versteh' ich nich.«
Bei der dritten Fortsetzung wollte sie den Beweis liefern, daß sie logisch denken konnte. »Du mußt doch wissen, *warum* du bis Rom fliegst, nur um mich zu treffen.«
»Weil ich 'n Freund habe, dem ein Reisebüro gehört und der mir besonders billige Flüge besorgt.«
»Du kannst immer nur Witze machen. Sogar in der letzten Minute.« Dann nagte sie weiter an der schlimmen Stelle. »*Warum* willst du mich in Rom besuchen? Weil du mich nicht vergessen kannst?«
»So ungefähr. Weil du die einzige Frau bist, die mir einen Heiratsantrag gemacht hat. Denkste, so was vergißt 'n Mann?«

Anna umarmte ihn so heftig, als wollte sie ihn für immer festhalten. Ihr Kopf war neben seinem Kopf, und er sah nicht, wie ihre Tränen rollten. Als sie ihn losließ, um in der Handtasche nach einem Tüchlein zu suchen, zog sie auch ein kleines Päckchen heraus und gab es ihm.
Robert durchschaute sie. Er hatte ihr nichts mitgebracht, und Anna, die war so, die wollte ihm zum Schluß noch zeigen, was Kinderstube bedeuten kann. »Was issen das?«
»Ein Abschiedsgeschenk.« Sie wiederholte sich: »Das macht man so. Das ist so üblich.«
Er nahm es und steckte es ein. Er wartete, bis sie hinter dem Vorhang verschwand, um mit der Sonde nach Waffen abgesucht zu werden. Der Gedanke daran machte ihm einen Augenblick lang Spaß. Dann ging er schnell davon und blickte sich nicht mehr um. Draußen an der Haltebucht für Taxis wikkelte er das Päckchen aus und fand ein kleines Schokoladenherz. Mit Cremefüllung. Er pellte das Stanniolpapier ab, steckte das Herzchen in den Mund und aß es mit Genuß auf.

*

Da Giselmund Arnold eigentlich nur korrekte City-Kleidung stand, sah er in Jeans und T-Shirt aus wie Nachbars Lumpi. Er lag im Wohnzimmer auf dem Rücken, stemmte seine Tochter in die Höhe und knickte die Arme schnell wieder ein. Das kleine Mädchen genoß den schönen Schreck beim simulierten Fall und quietschte vor Vergnügen, wenn es auf seiner Brust landete.

Louise Arnold saß am Schreibtisch, wühlte genervt in ihren Heften und sagte matt – Vater und Tochter vollführten das Kunststück zum fünfzehntenmal –: »Kannst du sie nicht ins Bett bringen? Ich muß noch was machen für die Uni.«

Nun klingelte auch noch das Telefon. Louise brach fast zusammen. »Arnold. Ja, er ist hier, Moment, bitte.« Sie hielt die Hand auf den Hörer und flüsterte: »Liebling.«

Giselmund legte seine Tochter auf den Teppich, kroch auf allen vieren zum Schreibtisch und angelte sich den Hörer herunter. »Ja, Chef?«

»Ich halt's für möglich, daß Sie eingeschnappt waren, weil ich Ihnen die Sache mit der Thai-Frau einfach ohne Erklärung angehängt habe. Wenn das so is', möchte ich mich in aller Form entschuldigen.«

»Ich weiß gar nicht, was Sie meinen. Sie waren höflich und freundlich wie immer...«

»Da können Sie mal sehen, Herr Kollege. Ich lauf' den ganzen Tag rum und denke, ich muß bei Ihnen wieder was gutmachen...«

Arnold merkte, was mit Liebling los war. Der wußte nichts mit sich anzufangen. »Sagen Sie, was halten Sie davon, mit uns Abendbrot zu essen? Es gibt zwar nichts Besonderes, aber wenn Ihnen zu Hause die Decke auf den Kopf fällt, sind Sie herzlich eingeladen.«

Arnold blickte nach oben, und seine Frau zeigte ihm einen Vogel.
»Danke, ich komm' drauf zurück, und um meinen Kopp machen Sie sich mal keine Sorgen, der hält 'ne Menge aus. A propos Kopp – Sie könn' sich ja mal Ihren zerbrechen über folgendes Problem: Als ich vom Flugplatz kam, is 'n Kind unter 'n Auto gekommen. Der Vater hat's in seinen Wagen gepackt, um zum Krankenhaus zu fahren, aber die Polizei hat drauf bestanden, daß der Unfallwagen das Mädchen transportiert. Irgendwas is' da nich korrekt.«
»Konnten Sie nicht gleich eingreifen?«
»Nee, aber ich habe der Mutter für alle Fälle meine Karte gegeben. Bis Morgen.«
Arnold legte auf, und seine Frau mäkelte: »Sag mal, spinnst du? Lädst ihn ein, und wir haben überhaupt nichts im Haus. Was willst du ihm denn vorsetzen? Trockenes Brot und Wasser?«
»Ein bißchen Familienleben...«
»Rede keinen Unsinn! Wann kommt er?«
Arnold amüsierte sich und flachste: »Er hat gesagt, ich soll erst in der Speisekammer nachsehen. Wenn mir die Mäuse mit verweinten Augen entgegenkommen, soll ich ihn anrufen. Nein, nein, Louise, er kommt nicht. Ich habe ihn ein bißchen bemitleidet, weil er zur Zeit einsam ist. Aber er hat den Braten gerochen.«
»Hat er so eine feine Nase?«
»Ja. Vor allem eine große...«

*

Robert Liebling fühlte sich jeden Morgen besser. Keine Anna, keine kunstbesessene Dodo, keine Verpflichtungen, keine Rücksichtnahme, nicht die halbe Nacht auf der Piste, sondern zwei, drei Schlückchen Wein, bißchen Glotze, Stulle aus der Hand und schlafen, ohne daß jemand die Hälfte der Bettdecke beanspruchte. Er hatte schon vergessen, daß es so viel Gemütlichkeit gab.
Paula meldete sich über die Gegensprechanlage: »Chef, draußen wartet ein Herr Kubisch.«
»Kenn' ich nich.«
»Er erzählt, Sie hätten seiner Frau Ihre Visitenkarte gegeben bei einem Unfall.«
Liebling sortierte die Ereignisse der vergangenen Woche. Ein Kubisch war nicht dabei. Unfall ja.
»Richtig, ich erinnere mich. Bringen Sie ihn rein.«
Kurz darauf trat Kubisch in Lieblings Büro, ein handfester Typ, der offenbar wußte, was er wollte.
»Verraten Sie mir erst mal, wie's dem Kind geht«, sagte Liebling nach dem Händeschütteln.
»Es ist nicht so schlimm, wie wir zuerst dachten. Glatter Bruch des linken Oberarms und Gehirnerschütterung. Am Wochenende können wir sie nach Hause holen.«
»Armbruch is' nich gerade wenig, aber es gibt wohl miesere Sachen. Können Sie mal 'n paar Worte über die Sache verlieren? Ich bin ja erst dazugekommen, als alles so gut wie vorbei war. Ich nehme an, Sie haben Ärger mit der Polizei. Wolln Sie 'n Kaffee?«

Kubisch nickte. »Gerne. Also, meine Tochter hat auf der Straße gespielt. Da klingelt eine Nachbarin und sagt, daß Alice vor ein Auto gelaufen ist. Irgend jemand hatte schon die Polizei angerufen, aber das wußte ich nicht. Ich also runter, schnappe meine Tochter, packe sie in mein Auto und will ins Krankenhaus fahren. In dem Moment kommt die Polizei.«
Liebling drückte auf den Rufknopf. »Senta, bitte zwei Kaffee. Und der Unfallfahrer? Wo war der?«
»Es war eine Frau. Die lief da kopflos rum. Ich hab' mich aber nur um meine Tochter gekümmert, weil die so schrie, und will losfahren. Da taucht der Rettungswagen auf. Die Polizisten waren nicht gerade die freundlichsten Kameraden. Sie wollten Alice aus meinem Wagen nehmen und sagten zu mir, daß sie mit *diesem* Wagen weggebracht werden wird und nicht mit meinem. Aber das wollte ich nicht.«
»Warum nicht?«
»Weil mein Bruder Arzt im Neuköllner Krankenhaus ist. Zu dem wollte ich sie bringen.«
»Haben Sie das der Polizei gesagt?«
»Dafür war überhaupt keine Zeit. Hinten das schreiende Kind, vorne die Polizisten, die mich nicht vorbeilassen wollten. Überall neugierige Leute im Weg – wer hat da Nerven für lange Erklärungen?«
»War in dem Rettungswagen ein Arzt?«
»Weiß ich nicht. Wie soll ich den erkennen? Ich habe Gas gegeben, weil – das Kind konnte ja innere Blu-

tungen haben, was weiß ich. Ich dachte bloß, jede Sekunde ist kostbar.«
»Herr Kubisch, ich hab' gesehen, wie Sie einen von den Krankenträgern weggestoßen haben.«
»Hab' ich das wirklich?«
»Ja, wirklich. Dann haben Sie den Polizisten, der Ihre Wagentür aufmachte, angebrüllt, ›Affenarsch‹ und noch 'n paar harte Nummern, und dann, pffft, waren Sie weg. Und die Polizei hinter Ihnen her.«
»Dann ging's ja erst richtig los«, sagte Kubisch. »Die haben mich verfolgt, als hätte ich eine Bank ausgeraubt. Ein paar Ecken weiter stellt sich ein Streifenwagen quer über die Fahrbahn, und ich mußte anhalten. Hinter mir kreuzen zwei andere Streifenwagen auf, die Polizisten springen raus, reißen meine Tür auf und zwingen mich auszusteigen.«
Liebling reckte den Kopf vor. »Moment mal. Was heißt das, sie haben Sie gezwungen? Wie?«
»Na, die haben gesagt, ich soll rauskommen, und zwar ziemlich laut. Einer hat mich noch am Ärmel gezerrt. Da bin ich natürlich ausgestiegen.«
»Haben Sie sich gewehrt?«
»Logo! Ich habe versucht, mich loszureißen, aber das ist mir nicht gelungen.«
»Haben Sie um sich geschlagen oder mit den Füßen gestoßen?«
»Geschrien habe ich.«
»Was?«
»Weiß ich nicht mehr genau. Ihr Schweine, ihr

Drecksbullen. So in der Preislage. Können Sie sich vorstellen, in welchem Zustand ich war?«
»Kann ich sehr gut. Was ist weiter passiert?«
»Der Krankenwagen kam, die Sanitäter haben das Kind quasi unter Polizeischutz umgeladen und dorthin gebracht, wo *sie* wollten. Sie glauben gar nicht, wie Alice geschrien hat, als sie mich nicht mehr sah. Ich bin bald verrückt geworden. Die Polizisten haben meine Papiere verlangt, aber die hatte ich nicht bei mir. Ich war ohne Jacke aus der Wohnung gestürzt. Also haben sie mich aufs Revier gebracht.«
»Ging die Auseinandersetzung unterwegs weiter?«
»Nein. Ich habe kein Wort mehr gesagt. Nicht aus Vernunft – ich war so fertig, weil ich mir so rechtlos und wehrlos vorgekommen bin. Da fängt eine Polizeimaschinerie nach ›Schema F‹ an zu arbeiten, und alles, was auf der Freiheitsglocke im Schöneberger Rathaus steht, ist plötzlich ungültig. Menschenrechte, Herr Liebling, können Sie mir sagen, was das für ein Begriff ist?«
Jetzt brauchte Robert Liebling dringend ein bißchen Waldmeistergeschmack auf der Zunge. Vorsichtig zog er die linke Schublade auf, und tatsächlich, Paula hatte an ihn gedacht. Grün, wackelnd, glibbrig glänzend stand dort die Götterspeise. Schon der Anblick beruhigte ihn ungemein.
Nachdem er sich vier Löffelchen gegönnt hatte, sagte er: »Ach, Herr Kubisch, auch Bankräuber, Terroristen, Hausbesetzer, Geiselnehmer und Ver-

mummungstäter bezeichnen die eingreifenden Polizisten gern mit Ausdrücken wie Affenarsch, Schweine, Drecksbullen. Sie befinden sich also, dudenmäßig gesehen, nich in bester, aber doch in großer Gesellschaft. Versetzen Sie sich mal in die Lage von den jungen Beamten, denen der Polizeipsychologe zwar hundertmal gesagt hat, regt euch nich auf! Die regen sich doch auf, und nich zu knapp. Sollen die sagen: ›Ihnen, Herr Kubisch, nehmen wir das nich übel, wir haben Verständnis, Sie befinden sich im Streß‹?«

Verlegen kratzte Kubisch sich am Nacken, obwohl es ihn ganz sicher nicht juckte.

Liebling schlabberte noch einen Löffel voll vom grünen Wackelnektar. »Und auf dem Revier wurde ein Protokoll aufgenommen.«

»Genau. Sie nannten das Beschuldigtenvernehmung. Ich habe aber nichts gesagt, ich wollte ja so schnell wie möglich weg und zu meiner Tochter.«

»Wann durften Sie wieder gehen?«

»Nach etwa einer Stunde. Meine Personalien wurden überprüft, und dann hat man mir gesagt, daß ich mich auf eine Strafanzeige gefaßt machen soll wegen Widerstand und Beamtenbeleidigung. Zum Schluß haben sie mir noch gesagt, in welchem Krankenhaus meine Tochter liegt.«

»Toller Service.«

»Sagen Sie, darf die Polizei mich daran hindern, meine Tochter dahin zu schaffen, wo ich will?«

»Ich kann Ihnen erst in den nächsten Tagen eine Antwort geben. Ich ruf' Sie an. Nach dem sogenannten gesunden Menschenverstand darf 'n Vater oder 'ne Mutter das wohl selbst entscheiden. Aber Gesetze und Dienstvorschriften und gesunder Menschenverstand haben nich immer was miteinander zu tun.«
Senta brachte den Kaffee, Liebling blickte auf seine Uhr und murmelte nochmals: »Toller Service.«

*

Ede Wachtelberg hatte sein Leben genau aufgeteilt. Vormittags stand er in seinem Blumenladen, nachmittags saß er in der Kneipe. Der Versuch, dieses abwechslungsreiche Leben mit einer Frau zu teilen, war bisher immer gescheitert. Selbst die genügsame Ananda Lahu aus Thailand sah in Ede nicht den Erfüller ihrer Träume von Wohlstand und Glück.
Weil es schon längere Zeit Nachmittag war, lotste Hugo Brümmer seinen Anwalt Arnold in »Kuddels Bierstuben«, in die von Wachtelberg bevorzugte Tränke. Kuddel mußte seinem Stammgast das Bier stets mit Bierwärmer servieren, denn Wachtelberg hatte einen empfindlichen Magen. Außerdem trug er wegen seiner erheblichen Kurzsichtigkeit eine Brille mit starken Gläsern, und er war im Besitz einer zwanzig Zentimeter großen Bellmaschine, die »Töle« hieß und bei Kuddel in der Kneipe jeden Tag eine Boulette bekam.
»Mein Name ist Arnold. Ich bin der Rechtsanwalt von Herrn Brümmer.«

»Ihr Problem.« Ede Wachtelberg trank sein halbvolles Glas aus und hielt es in Kuddels Richtung hoch.
Brümmer war an der Theke stehengeblieben, und Arnold setzte sich an den Tisch, konnte die Beine jedoch nicht gescheit ausstrecken, weil der Hund Herrchen Wachtelbergs Dunstzone verteidigte.
»Herr Brümmer hat mir erzählt, daß Sie ihn auf vielerlei Weise belästigen...«
»Der lüücht, wenn er det Maul uffmacht!«
»Letzten Donnerstag zum Beispiel haben Sie ihm mit einem Stein die Fensterscheibe seines Wohnzimmers eingeworfen...«
Wachtelberg nahm die Brille ab. Jetzt sah er überhaupt nichts mehr. »Det war keen Stein, sondern 'ne Büchse Erbsen. Ick kam jrade vom Einkoofen und hatte nischt anderes zur Hand. Er hat aus'n Fenster jekiekt, und wie er mir hat komm' sehn, hatta seine dumme Neese zurückjezogen und det Fensta zujemacht. Sollte heeßen: Mit dir, Ede, will ick nischt zu tun ham! Sagen Se selber: Soll ick mir von so 'n Sülzkopp beleidigen lassen?«
»Und da haben Sie es auf Ihre Weise wieder geöffnet?«
Ede Wachtelberg setzte die Brille wieder auf. Seine Pupillen waren nun ganz klein. »Wolln Se mir verhohnepiepeln, oder wat?«
Kuddel kam an den Tisch und stellte ein neues Bier, mit Wärmer im separaten Glas, vor Ede hin. Dann blickte er Arnold an. »Darf's ooch wat sein?«

»Ein Mineralwasser bitte.«
Kuddel wechselte mit Wachtelberg einen langen, verständnislosen Blick. »Juter Mann, det dauert aba 'ne Weile. Det is' hier keene Schönheitsfarm, verstehnse? Rülpswasser muß ick erst besorjen.«
Arnold kam sich vor, als befände er sich zur falschen Zeit am falschen Ort. Er schaute auf Wachtelbergs Brillengläser. »Sie haben Herrn Brümmer gegenüber ungerechtfertigte Forderungen erhoben und ihn im Fall der Nichterfüllung bedroht...«
»Wat erzähln Se mir det allet? Det weeß ick!«
»Herrn Brümmer ist daran gelegen, die Sache auf möglichst friedliche Weise aus der Welt zu schaffen...«
Wachtelberg spähte zur Theke, wo Hugo Brümmer sich unsichtbar zu machen suchte. »Det gloob ick! Erst nimmt er mir det Mädel weg, und denn soll allet schön friedlich bleiben. Ick werde Ihn mal wat sagen: Entweder bringt mir Hugo meine Valobte wieda, oda er jibt mir det Jeld, wofür ick se herjeschafft habe. Oda er erlebt sein blauet Wunda!«
»Wie darf ich das verstehen?«
»Wissen Se nich, wat'n blauet Wunda is? Soll ick ihn' mal erzähln, wat ick allet anjestellt habe, bis ick det Mädel hier hatte? Zwee lange Jahre mußte ick jede Mark beiseite legen! Zwee Jahre hab' ick mir nischt jejönnt! Und denn kommt so'n Trittbrettfahrer und macht die jroße Absahne, reißt sich meine Braut untern Nagel! Det finden Sie in Ordnung? Und Sie

mein', det is vaboten, wenn ick mir dagegen sträube? Det kann doch nich Ihr werter Ernst sein!«
»Ich kann schon verstehen, daß aus Ihrer Sicht die Dinge anders aussehen...«
»Det Sie mir vastehn, det könnse sich in'n Hintan stecken! Ick will mein Schaden ersetzt ham, denn bin ick zufrieden! Ick brauche keen Vaständnis!«
Ohne sein Bier vorzuwärmen, trank er es in einem Zug aus, stand auf und bewegte sich an die Theke zu Hugo Brümmer. »Du denkst, du kannst mir mit 'n Rechtsanwalt imponieren, wa? Ich jeb' dir mal 'n juten Rat, du Nappsülze: Spar dein Jeld lieba, sonst kriegste die zwölftausend nie zusamm', die du mir schuldest!«
Wirt Kuddel nickte bedeutsam wie ein Beichtvater, als Ede Wachtelberg an ihm vorbei zur Tür schritt. »Ick komm' morjen wieda. Schreib mir die paar Bier an.«
Brümmer wartete noch, bis auch der Boulettenhund dem Blumenduft von Herrchen gefolgt war, ehe er wichtig rief: »Nu hamse den sein' Umjangston mal kennjelernt, Herr Rechtsanwalt.«
»Ich denke, er leidet unter der Geschichte«, sagte Arnold. »Ich glaube nicht, daß Sie sich mit ihm gütlich einigen können – das würde bedeuten, daß *er* sich mit der entstandenen Situation abfindet. Sie hätten dabei gar nichts zu tun.«
Mit Schwung stellte Kuddel ein Glas Mineralwasser vor Arnold ab. »Wir ham noch 'ne Selter jefunden.

Jut sprudeln tut se nich' mehr. Aba in'n Jeschmack isse noch Klasse!«
»Woher wissen Sie das?« fragte Arnold und schob das Glas von sich.

*

In der Sache Kubisch war Liebling mit Staatsanwalt Fricke verabredet, der sich eine Zigarette drehte und aus dem Gedächtnis zitierte: »Richtig, Herr Rechtsanwalt, Strafsache Kubisch, 67 J–S, Nummer 1530 dieses Jahres, Widerstand, Beleidigung, Nötigung und so weiter. Und Sie wollen, wenn ich mich nicht schwer irre, daß die Sache gar nicht erst angeklagt wird. Für Rechtsanwälte ist so was immer ideal.«
»Da irren Sie sich, ideal is, wenn das Verfahren läuft, wenn's möglichst viele Verhandlungstage gibt, und wenn ich am Ende gewinne. Dann is nämlich mein Honorar höher.
Fricke zündete seine Selbstgerollte an. »Na, fabelhaft. Ich erhalte Ihnen alle Chancen. Um die Hauptverhandlung kommen Sie nicht herum.«
Liebling versuchte es mit dem Tremolo, das einer anwendet, der noch einen Bankkredit haben möchte, obwohl er sein Konto bereits weit überzogen hat. »Versuchen Sie doch mal, sich vorzustellen, was damals in Kubisch vorgegangen is. Hinten im Auto liegt seine verletzte Tochter, er denkt, sie stirbt jeden Augenblick, und vor ihm die Beamten, die ihn daran hindern, sie ins Krankenhaus zu schaffen. Und da wollen Sie von ihm verlangen, daß er jedes Wort abwägt?«

»Ich verlange, daß er sich an die Gesetze hält. Und wenn er das nicht tut, wird in einem Verfahren festgestellt, wie die Übertretung zu ahnden ist.«
»Wissen Sie eigentlich, daß der Bruder von Kubisch Arzt im Krankenhaus Neukölln is? Und daß Kubisch das Mädchen zu ihm auf die Station bringen wollte?«
Fricke zog einen Schnellhefter heraus und sah die paar Blätter durch. »Davon steht nichts in den Akten. Er hat es weder zu den Polizisten gesagt noch zu Protokoll gegeben.«
»Deswegen sage ich's Ihnen ja jetzt. Mit den Polizisten hat er überhaupt nich geredet...«
»Die hat er nur grob beschimpft.«
»Zugegeben. Und auf dem Revier hat er keine Angaben gemacht. Wie hätt's da in die Akten kommen sollen?«
Fricke machte sich ein paar Notizen, Liebling stand auf und marschierte dozierend im Büro herum. »Nach Paragraph 113 Strafgesetzbuch, Absatz drei, wird Widerstand gegen Vollstreckungsbeamte nich' bestraft, wenn die Diensthandlung nich rechtmäßig is? Und im Grundgesetz, Artikel sechs, Absatz zwo, steht, wenn ich mich nicht irre, daß Erziehung und Pflege der Kinder das natürliche Recht der Eltern sind.«
Fricke grinste gezwungen. »Danke für die Rechtsbelehrung. Aber setzen Sie sich bitte wieder – Sie machen mich ganz nervös.«

Liebling spazierte weiter herum. »Ganz nebenbei möchte ich Ihnen noch sagen, daß ich rechtliche Schritte gegen die Beamten durchaus für denkbar halte. Irgendwo zwischen Dienstvergehen und Nötigung.« Jetzt erst setzte er sich wieder auf den Besucherstuhl vor Frickes Schreibtisch.

Der Staatsanwalt zog einen Zettel aus der Kubisch-Akte und fragte: »Kennen Sie die ›Rettungsdienstanweisung der Berliner Feuerwehr von 1980‹?«

Liebling hob die Schultern. »Nie was davon gehört.«

»Sollten Sie aber mal lesen! Die besagt, daß verunfallte Personen in ein geeignetes Krankenhaus zu bringen sind und daß bei einer Ablehnung von seiten des Patienten Fahrzeugführer oder Notarzt in eigenem Ermessen prüfen, ob der Zustand des Patienten einen längeren Weg zuläßt.«

Liebling heuchelte Aufmerksamkeit. »Sehr interessant. Und diese Verordnung der Feuerwehr setzt Grundgesetz und Strafgesetzbuch außer Kraft?«

Fricke sah einem Rauchwölkchen hinterher. »Das war eine Ihrer schwächsten Bemerkungen.«

»Sie haben mir auch lauter schwache Sachen vorgelesen, die mit unserem Fall überhaupt nichts zu tun haben.«

»Inwiefern?«

»Erst mal isses 'ne Dienstanweisung der Feuerwehr. Am Unfallort war aber keine Feuerwehr. Da war Polizei und 'n Rettungswagen vom Roten Kreuz. Dann

haben Sie da was gesagt von ›längerem Weg‹. Is' doch gar nich erwiesen, ob Kubisch mit seiner Tochter 'nen längeren Weg fahren wollte als der Rettungswagen. Und wenn, dann kann's nur unerheblich sein. Drittens hat nich der Rettungsfahrer in eigenem Ermessen entschieden, sondern der Einsatzleiter der Polizei. Können Sie im Protokoll nachlesen.«
»Hören Sie, ich will keine Wortklaubereien mit Ihnen veranstalten. Ich mache Ihnen einen Vorschlag.«
»Und zwar?«
Fricke las in der Akte nach. »Ihr Mandant ist von Beruf Ingenieur. Er verdient nicht schlecht.«
»Weiter?«
»Er zahlt eine Geldbuße von 5000 Mark, und wir stellen ein.«
»Kommt überhaupt nich in Frage!« Liebling gebärdete sich, als seien die Beziehungen zwischen Anklagevertreter und Verteidigung bis in die Steinzeit getrübt.
Der Staatsanwalt hob enttäuscht beide Hände, als wollte er sie in Unschuld waschen, weil er nun nichts mehr tun könnte. »Schade. Sie haben gesehen, daß ich Ihrem Wunsch auf die vertretbarste Weise entgegenkommen wollte.«
»Sie machen mir Laune! Für *den* Preis ist das kein Entgegenkommen. Meine Argumente sind gut gewesen.«

»Herr Liebling, ich bitte Sie. Mit dem Rettungswagen und dem Einsatzleiter der Polizei?«
»Das ist nur am Rand interessant. Wichtig ist die Panik, in der Herr Kubisch sich befunden hat. Er war völlig außer sich. Wenn mein Kind verletzt is und schreit, denke ich nich daran, ob ich mich paragraphenmäßig richtig verhalte. Ich denke daran, meiner Tochter zu helfen, und nich daran, ob ich meine Wagenpapiere eingesteckt habe. Und ich überlege nich lange, wo ich mit ihr hinfahre und welches der kürzeste Weg is, weil ich ja weiß, daß mein Bruder Franz Arzt is, und zu dem will ich! Der wird alles Nötige veranlassen. Und wenn mich einer daran hindern will und mir dumm kommt, den nehme ich auf die Hörner! Denn ich«, Liebling schlug mit der flachen Hand auf seine Brust, »ich bin der Vater, und ich setze mein Leben ein für mein Kind! Sonst noch 'ne Frage, Herr Staatsanwalt?«
Abermals drehte sich Fricke eine Zigarette, und er ließ sich sehr viel Zeit dabei. Als er die Gummierung angeleckt hatte, murmelte er: »Es ist nicht von der Hand zu weisen, was Sie vortragen. Das mit dem Arzt-Bruder läßt sich nachprüfen?«
»Sonst hätte ich's nicht gesagt.«
Fricke riß an beiden Enden der Zigarette den überstehenden Tabak ab. »Könnten Sie sich vorstellen, daß Ihr Mandant zum Polizeirevier geht und sich bei den Beamten entschuldigt für die Worte, die ihm damals am Unfallort in *Panik* rausgerutscht sind?«

»Ja, könnte ich mir vorstellen.«
Fricke rang noch einen Augenblick mit sich. »Dann machen wir das kurz, Herr Liebling. Ich bin bereit einzustellen.«
»Ohne Bedingungen?« fragte Liebling ungläubig.
»Ja.«
»Isses nich wundervoll, wenn man sich mit 'n paar Worten verständigen kann, Herr Staatsanwalt? Trotzdem muß ich Ihnen sagen: Mit einer Klage wären Sie nie im Leben durchgekommen.«

*

Giselmund Arnold hatte die Füße auf dem Schreibtisch und gähnte so herzhaft, als leide er unter akutem Sauerstoffmangel. Gerade in diesem Moment pirschte Robert Liebling herein und besichtigte neidisch das Bild behaglichster Entspannung. »Sie haben's gut. Unsereiner arbeitet, und Sie pennen.«
Arnold versuchte sich im Liebling-Jargon. »Muskeln sind billig, Gehirn nich!«
Robert freute sich über die Fortschritte seines jungen Löwen. »Sehr gut. Darf ich mir das ausleihen unter Nennung der Quelle? Aber jetzt mal zu gestern abend. Vielen Dank noch mal für die Einladung. Der Kartoffelsalat war einsame Spitze, der Schweinebraten auch, und Ihre Tochter ebenfalls.«
»Und meine Frau?«
»Die is' mit Ihnen verheiratet. Aber warum hat sie eigentlich zwei Mädchen von der Uni eingeladen? Hat sie gedacht, dem Liebling fallen bald die Rippen durchs Hemd, wenn er solo is?«

»Die haben Ihnen nicht gefallen? Anita, zum Beispiel, ist doch eine Klassefrau, und die...«
»In der Haut von der möchte ich schon mal stecken«, unterbrach Liebling, »aber der anderen hätte ich am liebsten gesagt: Zieh 'n BH an, es ist Bodenfrost...«
Das Telefon bewahrte Giselmund vor weiteren Offenheiten. »Arnold? Der ist hier. Moment.« Er legte die Hand auf das Mikrofon des Hörers. »Herr Kubisch.«
»Geben Sie her. Hallo? Ich hab' 'ne gute Nachricht für Sie. Gestern nachmittag hab' ich mit dem zuständigen Staatsanwalt geredet. Die Sache wird eingestellt. Aus und vorbei. Wir bekommen das noch schriftlich. Er hat angeregt, daß es ganz passend wäre, wenn Sie sich bei den Polizisten entschuldigen. Aber das müssen Sie selber entscheiden. Bei mir müssen Sie sich nicht bedanken, Herr Kubisch, warten Sie ab, bis Sie meine Rechnung bekommen. Wiedersehen.«
Ohne anzuklopfen öffnete Senta die Tür. Ihr Kopf zuckte fast unmerklich im $^2/_4$-Takt vor und zurück. Die Lautstärke vom Walkman war so weit aufgedreht, daß die blecherne Stampfmusik schmerzhaft in ihren Ohren dröhnen mußte. Im vorgegebenen Rhythmus sagte sie: »Herr Brümmer wär' jetz da.«
Oberkellner Hugo Brümmer schob sich schon über die Schwelle, begrüßte Arnold und spähte flink zu Liebling, als fürchte er um die Diskretion in seinem Fall.

»Das ist Rechtsanwalt Liebling«, beruhigte Arnold. Brümmers Gesicht hellte sich sofort auf. »Mit Ihn' war ick verabredet, wa, und Sie hatten keene Zeit? Mit Ihrn Kollegen bin ick aba ooch jut zurande jekomm'...«

»In unserer Angelegenheit habe ich inzwischen zwei Schreiben aufgesetzt, die Herr Wachtelberg inzwischen erhalten haben dürfte«, sagte Arnold dienstlich.

»Moment mal, Herr Rechtsanwalt, so schnell schießen die Preußen nich. Die Sachlage hat sich komplett vaändert. Dis Liebesjlück hat sich jewissermaßen jewendet. Sie is wieda bei Ede Wachtelberg. Fragen Sie mich nich, wat da vor sich jejangen is, ick weeß et nich. Ob er se jelockt hat? Ob er se jeholt hat? Ob er se bedroht hat? Keene Ahnung. Wie ick nach Hause komme, seh ick uff Wachtelberg sein Balkon die Ananda Blumen jießen. Isses nich unfaßbar, was in so 'ne menschliche Seele vor sich jeht? Und ick habe jedacht, sie hat mir anjebetet.«

Arnold musterte den kleinen dicken Brümmer voller Mitgefühl. »Das Thai-Mädchen hat gut zu Ihnen gepaßt. Tut mir wirklich leid.«

»Mir erst, könn Se glooben!« sagte Brümmer geknickt. »Die janze Nacht hab' ick jegrübelt, ob ich rechtliche Schritte jejen Ede Wachtelberg einleiten soll.«

»Warum haben Sie nich darüber nachgegrübelt, wie Sie die Thai-Frau *ohne* rechtliche Schritte wiederbe-

kommen?« fragte Liebling. »Das kann doch nich die wahre Liebe sein, wenn ich 'n Anwalt brauche, um mir 'ne Frau zu angeln.«
»Wenn ick zwölftausend Mäuse für die Puppe bezahln müßte, kann man aba ooch nich von pure Schwärmerei reden«, äußerte Brümmer.
»Is ja in Ordnung«, sagte Liebling, »jeder, wie er kann. Ihr Wachtelberg hat sich die Braut in Bangladesch gekauft...«
»In Bangkok«, verbesserte Arnold.
»Auch gut. Also, er hat sie sich in Bangkok gekauft, dann hat sie gemerkt, Wachtelberg is 'ne Pfeife. Also? Sie sieht sich um in der Landschaft, ob's vielleicht was Besseres gibt als den Käufer, und da isse an Sie geraten, Herr Brümmer. Und der Erfolg? Eilig isse zurückgerannt. Gibt Ihnen das nich zu denken?«
»Sprachschwierichkeiten«, sagte Brümmer geringschätzig.
»Ach? Sie meinen, Wachtelberg spricht perfekt Thai oder Siamesisch?« fragte Arnold.
»Nee, der redet keen Wort mit ihr! Der hat doch 'n Sprung inne Schüssel! Aba ich lege wert uff Kommunikation. Und da hat det Meechen Probleme, wa?«
»So isses«, sagte Liebling, »was Frauen nich anfassen können, is ihnen unheimlich.«
Brümmer zog traurig seine Brieftasche. »Tja – denn muß ick Ihn'n wat fragen, wat wir Kellner jeden Tach zu hören kriegen: Wat kostet der Spaß?«

*

Durch die Sicherheitsschleusen der Haftanstalt Moabit wurde Liebling ins Untersuchungsgefängnis eingelassen. In einer der Sprechzellen wartete er, bis ein Justizbeamter seinen Mandanten hereinließ – Georg Rosemund, ein alerter Bursche, fünfundzwanzig, Maßanzug, teure Krokoschuhe.

»Tag, Herr Rechtsanwalt. Gibt's Probleme in meiner Sache?«

»Denke schon. Die Geschichten, die Sie mir erzählt haben, reichen zu Ihrer Entlastung nicht aus, mein Lieber.« Er klopfte auf den Aktendeckel. »Wenn Sie Pech haben, genügt das, was *hier* drinsteht, für 'n paar Jahre. Es sei denn, die Richter fressen einen Narren an Ihnen. So was passiert aber selten.«

»Und was kann ich machen?«

»Herr Rosemund, Sie kommen mir vor wie einer, der aus dem zehnten Stock gesprungen is und unterwegs überlegt, ob er die Sache nich lieber noch mal aufschiebt.«

»Klingt nicht gut«, gab Rosemund zu.

»Nee, wirklich nich!« Liebling schlug eine Seite im Aktenordner auf. »Als Sie bei Ihrer Wiedereinreise in die Bundesrepublik am Zwanzigsten vorigen Monats verhaftet wurden – waren Sie da allein?«

»Nein.«

»Sie sind zusammen mit einem, wie heißt der, Otfried Hosalla gekommen – stimmt das?«

»Ja.«

»Warum muß ich das aus den Akten erfahren«, polterte Liebling. »Warum haben Sie mir das nich von selbst erzählt?«
»Weil es nichts mit dieser Sache zu tun hat.«
Liebling schaute ihn mitleidlos an. »Verstehe! Sie werden wegen Verbreitung von Falschgeld verhaftet, und Sie sind mit einem zusammen, der wegen Verbreitung von Falschgeld vorbestraft is. Aber *Sie* finden, das hat nix miteinander zu tun! Und Sie glauben außerdem, Ihr Anwalt is bescheuert! Erzählen Sie noch mal, wie Sie zu diesen Pfundnoten gekommen sind. Aber wenn's geht ein bißchen präziser als zuletzt.«
Rosemund setzte sich bequem, als würde nun Opas Märchenstunde beginnen. »An einem Abend hatte mich am Kottbusser Tor ein englischer Tourist angesprochen.« Einschränkend setzte er hinzu: »Jedenfalls dachte ich, daß er ein englischer Tourist war. Er hat sich auch vorgestellt: Billy Cooper aus Sheffield.«
»Billy Cooper aus Sheffield«, wiederholte Liebling.
»Ja. Er hat mich gefragt, ob ich ihm nicht etwas Geld umtauschen kann...«
»Auf deutsch oder auf englisch?«
»Wie bitte?«
»Ich möchte wissen, wie er gesprochen hat. Deutsch oder englisch?«
»Äh, englisch. Die Banken waren schon geschlossen, und er wollte essen gehen oder was weiß ich.

Ich hatte aber nur dreißig Mark bei mir – das hat ihm nicht gereicht. Er hat gesagt, wenn ich mehr auftreibe, dann läßt er mir fünfundzwanzig Prozent vom normalen Kurs nach, sozusagen als Gegenleistung.«
»Und das hat Sie nicht stutzig gemacht, daß einer so mir nichts, dir nichts auf 'n Viertel seines Geldes verzichtet?«
»Wenn er das dringend braucht?«
»Is 'n Gesichtspunkt. Dann sind Sie mit ihm in Ihre Wohnung gegangen.«
»Ja. Dort hatte ich zweitausend Mark liegen.«
»Ach? Einfach so?«
»Ist das verboten?«
»Das nich, aber ich verdiene wahrscheinlich mehr als Sie, trotzdem liegen bei mir zu Hause keine zweitausend Mark rum.«
»Ich habe kein Konto – wenn Sie das meinen.«
»Na, mal weiter. Sie gehen also mit Ihrem Gary Cooper nach Hause...«
»Billy!«
»Natürlich, Billy Cooper«, berichtigte Liebling sich ironisch. »Wie komm' ich denn auf ›12 Uhr mittags‹?«
Wenn Rosemund sich auch unbehaglich fühlte, anmerken ließ er sich nichts. »Unterwegs sind wir an einer Bank vorbeigekommen, und vom Schild im Schaufenster habe ich mir den Wechselkurs notiert.«

»Wie hoch war der?«
»Drei Mark dreißig. In der Wohnung haben wir dann getauscht. Er hat mir fünfhundert Pfund gegeben, und von mir hat er tausendzweihundertvierzig Mark bekommen.«
»Und dann is er gegangen?«
»Ja. Das Geschäft war ja getätigt.«
Liebling sah seinen Mandanten an, als könnte er hinter dessen Stirn lesen. »Es hat Sie nich stutzig gemacht, daß ein englischer Tourist abends um zehn Uhr am Kottbusser Tor unbedingt so viel Geld umtauschen mußte, obwohl er am nächsten Morgen auf der Bank viel mehr dafür kriegen konnte. Es war doch zehn Uhr?«
»Warum fragen Sie?«
»Weil Sie diese Zeit nie genannt haben. Ich hab' bloß mal auf den Busch gekloppt, und Sie haben's geschluckt, verstehen Sie? Sie haben sich natürlich auch nich gefragt, was ein englischer Tourist am späten Abend ausgerechnet am Kottbusser Tor macht? Am Kurfürstendamm oder am Funkturm – da hätte mich das nich so sehr gewundert. Und im fremden Land würde ich erst mal den Hotelportier fragen, ob er mir meine Pfunde gegen harte deutsche Mark eintauschen kann. In Hotels geht das nämlich prima, lieber Herr Rosemund. Aber ich bin ja Ihr Anwalt und soll Sie vom Strick schneiden. Erzählen Sie mal weiter. Sie hatten also das englische Geld in der Hand, und der Mann war weg.«

»Seine Gründe waren mir schnuppe. Ich habe daran gedacht, daß *ich* am nächsten Morgen viel mehr dafür kriegen kann.«
»Wie war das englische Geld sortiert?«
»Alles Fünfzig-Pfund-Noten.«
Liebling las diagonal die nächste Seite des Vernehmungsprotokolls, bis er an einem Satz hängenblieb. »Die Scheine hatten nur drei verschiedene Seriennummern. Jede dieser Nummern muß also mindestens dreimal vorgekommen sein, eine sogar viermal. Is' Ihnen das auch nicht aufgefallen?«
»Nein.«
Liebling strich sich über seinen Zweitagebart. Das gab ein leichtes Kratzgeräusch. »Und das Wort ›Falschgeld‹ kam die ganze Nacht in Ihren Gedanken nich vor?«
Rosemund gab sich betont harmlos. »Nein. Erst am nächsten Tag. Ich bin in eine Bank gegangen und wollte erst mal fünfzig Pfund umtauschen. Der Kassierer muß wohl gleich was gemerkt haben. Der hat mich mit der Wechselei so lange hingehalten, bis die Polizei kam.«
»Und nun fielen Sie aus allen Wolken!« frozzelte Liebling.
»Klar! Ich bin fast in Ohnmacht gefallen.«
»Warum wollten Sie nur fünfzig Pfund umtauschen und nicht gleich alles?«
»Der Pfundkurs war an dem Tag besonders niedrig, und ich wollte mit dem Rest warten, bis er wieder steigt.«

Liebling flüchtete abermals in die Ironie. »Absolut einleuchtend. In der Nacht war der Kurs noch günstig, und schon am Morgen ist er zu ungünstig. Na gut. Dann wurden Sie festgenommen.«
»Ja.«
»Man hat Sie sicher gefragt, woher Sie die Blüten hatten – und was haben Sie geantwortet?«
»Die Wahrheit.«
»Vom Mister Cooper am Kottbusser Tor?«
»Richtig. Ich erzählte denen aber nur von diesen fünfzig Pfund und nicht von den fünfhundert.«
»Und die haben Ihnen die Geschichte tatsächlich geglaubt?« Liebling zog die Augenbrauen in die Höhe, und dabei wackelten seine Ohren ein wenig. »Wie kommt es, daß die Polizei bei der Haussuchung die restlichen vierhundertfünfzig nich gefunden hat?«
»Weil sie gut versteckt waren.«
»Wo?«
»Dort, wo ich auch mein anderes Geld aufhebe.«
»Sie sind ein schwieriger Klient, Herr Rosemund. Ich wünschte mir, Sie hätten zu Ihrem Anwalt etwas mehr Vertrauen. Aber das ist Ihr Bier.« Liebling blätterte um und klopfte mit dem Zeigefinger auf einen Satz, den er gelb hervorgehoben hatte. »Als man Sie wieder laufen ließ, sind Sie sofort losgezogen, um diesen Rest umzutauschen. Mit anderen Worten: Der Kurs war wieder günstig, ja?«
»Der Kurs spielte keine Rolle«, erklärte Rosemund. »Durch den beschlagnahmten Fünfziger war der Verlust schon hoch genug.«

»Sie fanden das nich riskant, quasi noch unter den Augen der Polizei mit dem Bündel Falschgeld loszuziehen?«
»Klar war's riskant, aber ich konnte ja nicht auf anderthalbtausend Mark verzichten – und es hat ja geklappt.«
»Ja, es hatte geklappt! Aber Sie waren in drei verschiedenen Banken. Warum?«
»Weil ich mir dachte, die wollen bei höheren Summen den Ausweis sehen...«
»Ich muß Ihnen zubilligen, daß Sie mich für komplett bescheuert halten dürfen, aber Sie strapazieren meine Menschenfreundlichkeit erheblich. Sie waren doch deswegen bei drei verschiedenen Geldinstituten, weil Ihre Scheine nur drei verschiedene Seriennummern hatten.« Er las ab: »Drei Pfundnoten mit der Nummer Y03345332, drei mit der Nummer ZY1515876 und drei mit UY5372819. Zu Hause hatten Sie drei gemischte Bündel gemacht und damit jeden Kassierer bedient.«
Rosemund zögerte mit der Antwort. »Doch, deswegen auch.«
»Keiner der drei Kassierer hat was gemerkt?«
»Nicht, solange ich da war. Sie haben anstandslos gewechselt. Später schon, sonst wäre ja nicht alles wieder bei der Polizei gelandet.«
»Dann sind Sie ins Ausland abgehauen.«
»Ich bin nicht abgehauen. Meine Schwester wohnt in Österreich, und bei der war ich. Das war längst vorher so verabredet.«

»Und bei der Wiedereinreise haben Sie mächtig gestaunt, weil man Sie verhaftete...«
Rosemund schaute seinen Rechtsbeistand blauäugig an. »Wissen Sie, was ich für einen Eindruck habe?«
»Spucken Sie's aus.«
»Daß sogar Sie mir kein Wort glauben.«
Liebling nickte bedächtig. »Da könnte was dran sein.«

*

Im Zuge ihrer Selbstverwirklichung hatte stud. med. Louise Arnold auf ihr Recht zur Emanzipation gepocht und die Dreieinigkeit der jungen Familie zum erstenmal ins Wanken gebracht. Ihre Vorlesungen nahmen mehr Zeit in Anspruch, als Giselmund das vorhergesehen hatte. Seine Arbeit und den Verdienst konnte er deswegen nicht an den Nagel hängen, denn einer mußte schließlich Tochter Silvy versorgen. Deswegen gab ein böses Wort das nächste noch bösere, die Stimmung war auf dem Nullpunkt gelandet, und eine Versöhnung nicht in Sicht. Beide litten, quälten sich jedoch mit Genuß.
Giselmunds stark gebremste Ausgeglichenheit fand ihren Niederschlag in der Kanzlei, wo er Paula und Senta gleichermaßen kujonierte.
Robert Liebling fühlte sich aufgerufen, mäßigend einzugreifen. »Irgendwas stimmt nich mit Ihnen. Sie haben Paula Tränen in die Augen getrieben. Das war bis heute ganz allein mein Privileg. Is was passiert?«
»Mein Gott, machen Sie doch nicht so eine Staats-

affäre draus. Ich habe zu Hause Krach mit meiner Frau, und deswegen muß ich jetzt mal weg. Sie hat angerufen, daß sie das Kind nicht aus dem Kindergarten holen kann, und nun muß ich eben ran. Mehr ist das nicht.«

»Isses Ihr erster Ehekrach, oder sind Sie schon ein bißchen geübt?«

»Noch nicht sehr.«

»Haben Sie wenigstens recht?«

Arnold geriet außer Fasson. »Herrgott, Sie stellen Fragen! Natürlich glaube ich, daß ich im Recht bin! Sonst würde ich ja nicht mit ihr streiten!«

»Fangen Sie nich auch noch mit mir an. Ich mische mich nich halb so penetrant in Ihre Angelegenheiten wie Sie in meine. Sie wollten mich sogar verkuppeln.«

Spät am Abend bekam Liebling dann Kontakt, wenn auch nur telefonischen, zu Giselmunds Gegenpartei. Frau Arnold rief ihn an, als er gerade ein peinlich dickes Leberwurstbrot, mit dänischen Trockenzwiebeln bestreut, einschob.

»Ein seltener Anruf«, mampfte er mühsam.

»Störe ich auch nicht?« fragte sie, als sie merkte, daß er sich nur schlecht artikulieren konnte.

»Im Gegenteil, da schmeckt's mir um so besser. Was kann ich für Sie tun?«

»Ich müßte dringend mit meinem Mann sprechen. Ist er bei Ihnen?«

»Nee, tut mir leid.«

»Wissen Sie, wo er ist?«
»Keine Ahnung. Soll ich mal rumtelefonieren?«
»Nein, nein, lassen Sie nur, so wichtig ist es nun auch wieder nicht.« Er hörte, daß Louise weinte.
Er legte auf und verordnete sich eine Flasche Bier. Um die medizinische Wirkung zu erhöhen, knackte er eine zweite, und beim letzten Schluck fand er sich, strategisch gesehen, glänzend. Was würde sein junger Löwe machen, um den ersten Ehekrach in angenehmer Haltung zu überstehen? Er würde sich freischwimmen. Und wo? In einem Weinfaß. Ganz klar. Liebling legte sich eine Route zurecht und telefonierte ein Taxi herbei.
Dem Benzkutscher sagte er: »Wir bleiben heute nacht längere Zeit zusammen, auch wenn Sie mehr warten als fahren müssen, capito? Zuerst mal zum ›Weinhimmel‹.«
Bis dahin war es kein Kilometer. Liebling stampfte wie ein Spürhund in die Reblauskneipe und fragte den Wirt: »'n Abend. Is' Arnold hier?«
»Nee.«
»War er hier?«
»Nee.«
»Haben Sie zufällig 'n Bier fertig?«
»Zufällig ja.«
Liebling trank das Glas leer, zahlte und ließ sich von der Taxe zur ›Kahlen Erna‹ bringen. Leicht abgewandelt, doch inhaltlich identisch, rollte der kurze Dialog über die Theke.

»Arnold hast du heute noch nicht gesehen, was?«
»Arnold? Deinen blonden Tiger? Nee. Bier?«
»Immer.«
So ging das in zweiundzwanzig Stammkneipen. Arnold nein, Bier ja. Nach dem zweiundzwanzigsten Bier fand die Suchtour ihr Ende. Liebling war blau wie eine Haubitze, und Giselmund Arnold blieb weiterhin abgängig.

*

Vertreter der Anklage in der »Falschgeldsache Georg Rosemund und andere« war Staatsanwältin Dr. Rosemarie Monk. Liebling wünschte die vergangene lange Nacht zum Teufel – er wäre ihr lieber so gut wie neu gegenübergetreten, und nicht zerknittert. Bevor er in ihr Amtszimmer ging, setzte er seine Sonnenbrille auf, weil seine Augen sehr, aber auch sehr lichtempfindlich waren.
Frau Dr. Monk war alles Menschliche nicht fremd. Sie erriet sofort, warum Liebling getarnt auftrat. Die Sonne war daran nicht schuld. »Sie sind Robert Liebling, wenn ich mich nicht irre.«
»Erraten.«
»Und warum sind Sie heute inkognito unterwegs?«
»Ich habe gewisse Augenprobleme. Ich lebe manchmal ziemlich unsolide, und dann is an manchen Tagen die Netzhaut irrsinnig empfindlich.« Er setzte sich, rückte die Brille zurecht und versuchte ein fröhliches Lächeln. Es mißlang.
Sie studierte seine Gesten und sagte: »Sie sind immer noch dran.«

»Ich kann's ja kurz machen, Frau Staatsanwältin. Ich habe für meinen Mandanten Georg Rosemund Haftprüfungsantrag gestellt.« Er rieb sich beide Schläfen. »Und weil der Untersuchungsrichter erfahrungsgemäß milder gestimmt is, wenn die Staatsanwaltschaft nichts gegen die Haftverschonung einzuwenden hat, wollte ich bei Ihnen 'n bißchen gut Wetter machen.«

»Ihr Optimismus ist erstaunlich.« Sie kam hinter ihrem Schreibtisch hervor und holte vom Waschbecken im Wandschrank ein Glas Wasser. Sie stellte es vor Liebling ab und legte eine in Plastik verschweißte Kopfschmerztablette daneben. »Es ist nicht unwahrscheinlich, daß Rosemund bei der erstbesten Gelegenheit abhaut.«

Liebling flippte die Tablette aus der Umhüllung, schluckte sie mit dem Wasser und bedankte sich. »Sehr aufmerksam. Aber warum sollte er abhauen? Ihn erwartet allenfalls 'ne Geldstrafe, wenn er Pech hat 'n paar Monate auf Bewährung.«

Sie tat, als könnte sie nur mit äußerster Gewalt einen Lachanfall zurückhalten. »Das glauben Sie doch selber nicht!«

»Doch, das glaube ich«, entgegnete er mit Überzeugung. »Er hat's nich so dick getrieben, er is nich vorbestraft, er is geständig.«

»Er hat es sehr wohl dick getrieben, Herr Liebling. Er lügt wie gedruckt, und unter ›geständig‹ verstehe ich was anderes als das Märchen vom doofen englischen Touristen am Kottbusser Tor. Schön, er ist nicht vorbestraft, aber richten Sie sich schon mal darauf ein, daß ich ihn nicht nach Paragraph 147, sondern nach 146 anklagen werde...«

»Ich verstehe nich richtig.«

»Ich denke, Sie haben es bloß auf den Augen? Ihr Rosemund hängt garantiert an einer Fälscherbande dran, in deren Auftrag er die Blüten vertreibt, und ich meine, das läßt sich beweisen.«

Mal ganz abgesehen davon, daß Liebling sich vokabularmäßig nicht ganz auf der Höhe fühlte, ihm schien für Minuten auch der Fall Rosemund eine ganz und gar nebensächliche Zutat zu sein. Mittelpunkt seiner Gedankengänge war Rosemarie Monk ohne alle juristischen Zutaten. Einfach nur als Mensch, ach was, als Frau! Allerdings war er objektiv genug, seine mit allerlei Wünschen befrachtete Vorstellungskraft nicht überzubewerten, denn Alkohol, halb abgebaut, beflügelte sein Verlangen ganz ungemein.

»Was haben Sie gesagt?« fragte die junge Staatsanwältin.

Er scheuchte sein privates Ich davon und fand wieder in die Wirklichkeit zurück. »Ich habe etwas gesagt?«

Ihre Wangen waren ein wenig gerötet. »Gemurmelt.«

Er wußte nicht, was er gemurmelt hatte. Er sagte: »Oh, Mann, is das ein Morgen heute. Ich seh' Sie beim Haftprüfungstermin.«

*

Auf dem Weg zur Kanzlei übte ein türkischer Imbißstand magische Anziehungskraft auf Giselmund Arnold aus, denn alle orientalischen Küchengerüche wehten über den Kottbusser Damm. Und wer stand dort und verschlang einen riesigen Döner-Kebab? Robert Liebling mit Sonnenbrille.
»Wie war's bei Frau Monk?« fragte Arnold.
»Ich sage Ihnen, die Frau is ein harter Knochen. Ich fürchte, die schnappt sich unseren Rosemund, und ich kann nich allzuviel machen.«
Auch Arnold bestellte einen Döner-Kebab, einen Lammfleisch-Spieß, und sah Liebling von unten herauf an. »Sie wachsen doch immer mit der Größe der Aufgabe, oder?«
»Nehmen Sie mich nich auf'n Arm! Ich bin noch nich in Stimmung dazu!«
»Ich meine nicht so sehr den Fall als den Umstand, daß die Anklagepartie von Frau Monk gespielt wird. Die hat bei Ihnen eine Art Metamorphose durchgemacht. Erst war sie die Zicke vom Dienst, und dann eine nette Person. Damals in der Verhandlungspause im Schlicht-Fall haben Sie richtig geschwärmt.« Er ahmte Lieblings Aussage nach: »Ich hab' sie mir mal ohne schwarze Robe und ohne dieses Getue vorgestellt. Nur so als Frau. Und da muß ich sagen: nette Person.«
Liebling spürte eine Welle über Wangen und Gesicht fluten und wußte, daß er einen roten Kopf bekam.

Soeben hatte Arnold ihm bewiesen, daß Rosemarie Monk in seinem Hinterkopf bereits eine Parzelle besaß. Enragiert zerrte er mit den Zähnen ein Stück Fleisch vom Holzspieß und grollte kauend: »Sie haben 'ne seltsame Begabung, dauernd in meinem Privatleben rumzutrampeln.«
»Das habe ich nicht beabsichtigt. Ich habe nur rekapituliert. Daß die Staatsanwältin schon Teil Ihres Privatlebens ist, haben *Sie* gerade zugegeben.«
Der türkische Garkoch schob Arnold das Döner-Kebab über das Plastikfurnier und wünschte: »Afiyet olsun!«
»Was hat er gesagt?« fragte Arnold.
»Guten Appetit«, übersetzte Liebling.
»Kann ich mir nicht merken.«
»Müssen Sie aber. Is Kreuzberger Dialekt!«
Arnold fand das keimende Pflänzchen Liebling/Monk stark und beachtenswert, und er bemühte sich, wenigstens einigermaßen am Thema zu bleiben. »Lügt dieser Rosemund nun? Hat er von vornherein gewußt, daß es Falschgeld war? Oder sagt er Ihrer Meinung nach die Wahrheit?«
»Ich bin nich der liebe Gott. Aber wahrscheinlich gibt's diesen englischen Touristen gar nich. Wahrscheinlich macht er das schon 'ne Weile, und jetzt hat er zum erstenmal Pech gehabt. Die Monk schwört drauf, daß er 'n berufsmäßiger Verteiler is und an einer Fälschergruppe dranhängt.«
»Kann sie das beweisen?«

»Sie tut so.« Liebling kaute das letzte Stück Lamm. »Das Fatale bei der Kiste is, Rosemund hat sich eine zu primitive Geschichte zurechtgelegt.«
»Und wie beurteilen Sie Ihre Position?«
»Fragen Sie mich was Leichteres. Verlieren dürfen wir den Prozeß nich. Ende der Woche steht erst mal der Haftprüfungstermin an.«
»Glauben Sie, daß Rosemund Haftverschonung bis zur Verhandlung zugebilligt wird?«
»Ganz unter uns, Herr Kollege: Nee!«
Nachdem Arnold seinen leeren Pappteller in den blauen Abfallbeutel gesteckt hatte, machten sie noch einen kurzen Spaziergang am Landwehrkanal entlang. Liebling nahm die Sonnenbrille ab und rieb sich die Augen.
Arnold musterte ihn mit klinischem Blick. »Haben Sie eine ausschweifende Nacht hinter sich?«
»Nich so ausschweifend wie Sie.«
»Was wissen Sie über meine Nächte?«
»Mehr, als Sie denken. Da Ihre Frau völlig außer sich bei mir angerufen hat, weil Sie offenbar im Berliner Nachtleben versumpft waren, kann ich mir ungefähr ausmalen, was Sie zwischen Abend und Morgen getrieben haben. Ihre Beweggründe kann ich nur unter der Rubrik ›Nachholbedarf‹ einordnen. Motto: Das Gras hinterm Zaun schmeckt immer besser als das davor.«
»Ha, ha, ha«, machte Giselmund. »Ich soll Ihnen ausrichten, daß meiner Frau die telefonische Störung

leid tut. Louise hat sich Sorgen gemacht, aber ein paar Minuten nach dem Anruf bin ich nach Hause gekommen. Wir versuchten, Sie zu erreichen, aber Sie waren offenbar ausgegangen...«
»Richtig bemerkt. Ich habe Sie gesucht. In allen Kneipen. Und wissen Sie, was mich das gekostet hat? Rund zwanzig Bier und zwanzig Mark für 'n Taxi.«
»Wie ich Sie kenne, haben Sie sich eine Quittung geben lassen für die Steuer. Aber falls Sie das Ende der Geschichte interessiert: Der Streit ist zu Ende, die Sache ist erledigt – wir haben uns vertragen.«
Liebling setzte die Sonnenbrille enttäuscht wieder auf. »Ich muß schon sagen, Ihre Ehekräche gehen ein bißchen schnell vorbei. Bei mir war damals mehr los, das kann ich Ihnen flüstern.«

*

Sie trafen sich im Zimmer des Untersuchungsrichters im Gebäude der Haftanstalt zum Haftprüfungstermin. Robert Liebling, dessen bunte Krawatte diesmal besonders knallig ausgefallen war und Rosemarie Monks Mißfallen erregte, die Staatsanwältin im plissiertem Schottenrock und dunkelblauer Kostümjacke, der Untersuchungsrichter Ton in Ton grau, Untersuchungshäftling Georg Rosemund in seiner Tiptopgala und der ihn begleitende Justizbeamte in staatlichem Grün. In der Ecke saß eine Tippse. Sie trug ein schwarzes Kittelkleid.
Die Atmosphäre glich eher einer Pokerrunde. Jeder führte gegen den anderen etwas im Schilde, einer

ließ jedoch den anderen in die Karten gucken. Da alle mit dem Gegenstand der Verhandlung vertraut waren, hielt sich niemand mit einer Vorrede auf. Der Untersuchungsrichter gab, wie ein gebremster Karajan, sowohl der Staatsanwältin als auch dem Verteidiger durch Handzeichen die Sprecheinsätze.
Das erste Solo spielte Frau Dr. Monk. »Dieser Ottfried Hosalla, in dessen Begleitung Herr Rosemund am Zwanzigsten des vorigen Monats am Grenzübergang Lauffen festgenommen wurde, ist wegen Geldfälschung nach Paragraph 146 StGB vorbestraft...«
»Frau Staatsanwältin«, rügte Liebling, »vorbestraft zu sein is ja nich strafbar – auch nich für Dritte!«
»Ja, ich weiß, was Sie noch sagen wollen«, entgegnete Frau Dr. Monk milde. »Daß Hosalla in keinem erkennbaren Zusammenhang mit der Straftat steht, um die es hier geht. Nehmen wir mal an, Herr Rosemund wäre nicht in Begleitung *eines* einschlägig vorbestraften Geldfälschers gefaßt worden...«
Liebling hob anklagend den Zeigefinger und sah den Richter an. »Sie kann's nich lassen!«
»Sondern in Begleitung einer ganzen Geldfälscherbande«, fuhr die Staatsanwältin fort, »würden Sie das dann auch einen Zufall nennen?«
»Würde ich«, sagte Liebling, »außer es gelingt Ihnen, den Zusammenhang zwischen dieser Geldfälscherbande und der Sache, die hier zur Debatte steht, nachzuweisen.«
»Aber kann nicht die Bekanntschaft mit diesem Mann auch auf den Zusammenhang hindeuten?«

»Ehe Sie Verwirrung stiften, Frau Kollegin, sollten wir erst einmal den frappanten Unterschied der Begriffe ›Begleitung‹ und ›Bekanntschaft‹ definieren. Vorhin sagten Sie noch ›in dessen Begleitung‹. Ich kann ein Flugzeug, einen Bus oder ein Land verlassen und mich dabei in Begleitung anderer Personen befinden, deren Bekanntschaft ich nich gemacht haben muß. Herr Rosemund hat die Bundesrepublik Österreich verlassen und ist über den Grenzübergang Lauffen in die Bundesrepublik Deutschland eingereist. Andere Personen, so auch Herr Hosalla, haben das ebenfalls und zum gleichen Zeitpunkt getan. Die gleichzeitige Verwirklichung dieser gemeinsamen Absicht setzt nich zwangsläufig die Bekanntschaft zwischen allen Beteiligten voraus...«
»Herr Liebling«, sagte der Richter mahnend.
Georg Rosemund wollte unaufgefordert Hilfestellung geben. »Wenn Sie wollen, kann ich kurz erzählen, wann und wo ich diesen Hosalla getroffen habe.«
Nun wurde der Richter streng. »Sie werden uns das erzählen, wenn ich Sie danach fragen sollte!«
Er hüstelte ein wenig und wandte sich an Robert Liebling und Rosemarie Monk. »Es ist wohl wenig sinnvoll, wenn wir uns hier anstrengen, eine Hauptverhandlung vorwegzunehmen.« Er gab Liebling den Einsatz. »Vielleicht sollten Sie versuchen, uns kompakt und so präzise wie Ihre Ausführungen über die Formenlehre der deutschen Sprache die

Gründe zu nennen, die Ihrer Meinung nach für eine Haftverschonung sprechen.«

»Nachdem die Frau Staatsanwältin den Nachweis für eine Bandenzugehörigkeit meines Mandanten nich erbringen konnte, darf ich auf nachfolgende Punkte hinweisen: Herr Rosemund is nich vorbestraft, die Strafandrohung is so gering, daß Fluchtgefahr nich besteht, er hat hier einen festen Wohnsitz einschließlich fester Freundin, an der er sehr hängt. Er hat das Unrecht seiner Tat eingesehen, und er ist darüber so erschrocken, daß eine Wiederholung für ihn nich in Frage kommt.«

Der Untersuchungsrichter machte seine Handbewegung. »Frau Staatsanwältin.«

»Ich bin der Ansicht, daß die Strafandrohung durchaus nicht klein ist. Ich habe Herrn Liebling gegenüber bei anderer Gelegenheit schon angedeutet, daß ich die Absicht habe, nach Paragraph 146 Absatz eins Nummer zwei anzuklagen.«

»Was bedeutet das?« fragte Rosemund.

»Böswilliger Erwerb von Falschgeld«, erläuterte Liebling. »Kann zwischen zwei und fünfzehn Jahren geben.«

»Das kann doch nicht wahr sein«, ächzte der junge Mann.

Frau Dr. Monk blickte zu ihm und hob vielsagend die Schultern. »Wenn hier behauptet wird, der Beschuldigte lebe in fester Bindung, dann möchte ich dem Herrn Verteidiger die Lektüre der beiden Briefe emp-

fehlen, die Herrn Rosemunds Freundin ihm in die Haftanstalt geschickt hat. Es kann jedoch durchaus sein, daß Herr Liebling eine weitere feste Freundin seines Mandanten kennt. Da muß ich dann passen, von der existieren keine Briefe.«
»Warum amüsieren Sie sich auf Kosten meines Mandanten, Frau Staatsanwältin?«
»Ich amüsiere mich nicht, ich stelle lediglich fest. Ein Fräulein Klemper deutet in ihren Briefen ziemlich unverblümt an, daß sie vom Beklagten in Zukunft nichts mehr wissen will. Ich wäre Ihnen sehr dankbar, Herr Verteidiger, wenn Sie uns mit Ihren globalen Stilkenntnissen der deutschen Sprache auch hier erklären könnten, wie wir das als Hinweis auf eine feste Bindung werten sollen.«
Ein starker Punkt für Rosemarie Monk, merkte Liebling und begann zu rudern. »Es wäre nich das erste Mal, daß so ein Brief zum eigenen Schutz der Schreiberin verfaßt worden ist. Beispielsweise, wenn die Eltern sagen: ›Du trennst dich sofort von ihm, wir wollen keinen Knastbruder in der Familie haben!‹ Dann kann sie den Brief vorweisen...«
Der Richter winkte ab. »Der Inhalt der Briefe spielt nur eine untergeordnete Rolle bei der Frage, die zu entscheiden ist. Ich habe mir auch eine Meinung gebildet.« Er blickte zu Georg Rosemund und gab dann der Protokollführerin mit großartiger Armbewegung – wie Karajan dem Pauker in der Peer-Gynt-Suite – den Einsatz. »Schreiben Sie: Die Untersuchungshaft

dauert aus den Gründen ihrer bisherigen Anordnung fort.«
Rosemarie Monk schraubte ihren Füller schwungvoll zu und gab Liebling damit zu verstehen: Oh, Mann, ist das ein schöner Morgen heute...

*

Liebling stülpte seinen Helm auf und startete die Maschine. Er blickte sich um, ob er in Fahrtrichtung ausscheren konnte, doch genau dort stand Frau Dr. Monk und gab ihm zu verstehen, daß sie noch etwas auf dem Herzen hatte. Er unterbrach die Zündung und schob das Visier hoch.
»Ich wollte noch etwas loswerden«, sagte sie.
»Tun Sie sich keinen Zwang an.«
»An Ihrem Rosemund bin ich, ehrlich gesagt, nicht so interessiert, wie das vielleicht den Anschein hat. Viel eher möchte ich dahinterkommen, wo er das Falschgeld her hat. Dazu sagt er kein Wort.«
Liebling nahm den Helm ab. »Hat er doch erzählt...«
»Ja, ja, von diesem lächerlichen englischen Touristen, der nicht existiert. Ich kann mir beim besten Willen nicht vorstellen, daß *Sie* ihm das abkaufen. Wenn er bei dieser Version bleibt, kriegt er aller Voraussicht nach eine Strafe aufgebrummt, daß ihm schwarz vor Augen wird. Nicht unter vier Jahren, schätze ich. Das kann er aber verhindern, wenn er auspackt.«
»Und was bieten Sie ihm dafür?«

»Ich würde mich darauf beschränken, nur nach Paragraph 147 anzuklagen. Straffrei kann er natürlich nicht bleiben, aber es wird glimpflich enden.«
»Dem Frieden trau' ich nich«, sagte er.
Sie schaute unschuldig. »Wo sehen Sie das Problem?«
»Unterstellen wir mal, es gibt diese Geldfälscherbande, und er nennt Ihnen Namen und Adressen, legt also im Prinzip 'n umfassendes Geständnis ab. Dafür wollen Sie ihn dann nach einem Paragraphen anklagen, der extra für Leute da is, die Falschgeld in gutem Glauben erworben haben, also ohne zu wissen, daß ihnen jemand Blüten in die Hand gedrückt hat? Also wissen Se, nee, wo is da die Logik?«
Sie massierte mit Daumen und Zeigefinger ihren Nasenrücken und überlegte. »Da ist was dran. Ich werde darüber nachdenken. Aber ich versichere Ihnen, daß ich mich zurückhalten werde, wenn er die Quelle nennt. Geldstrafe oder Haftstrafe auf Bewährung müßte wohl für ihn drin sein.«
»Ich werde mit ihm reden.« Er setzte seinen Helm wieder auf. »Kann ich Sie irgendwohin mitnehmen?«
Sie ging zu ihrem Wagen und schloß ihn auf. »Bin ich lebensmüde?«

*

Senta verließ das Haus, in dem sich Lieblings Kanzlei befand und wollte zur U-Bahn. Ihr Gang war heiter, aber nicht beschwingt, sondern eher von abgebrem-

stem Rhythmus im Takt der Knallmusik, der aus ihren Walkman-Ohrhörern dröhnte.
Arnold rief zweimal ihren Namen, doch sie vernahm seine Stimme nicht. Erst als er Paulas Trick anwandte und gellend pfiff, blieb sie stehen und drehte sich um. Mit einer Geste bedeutete er ihr, die Ohren freizumachen, und überquerte die Fahrbahn. »Ich habe auf Sie gewartet, weil ich Ihnen etwas sagen wollte.«
Sie sah auf ihre Armbanduhr. »Aber nich so lange, mein Zug jeht pünktlich.«
»Ich fasse mich kurz. Was ich Ihnen zu sagen habe, braucht Paula nicht zu hören. Ich muß nämlich ein bißchen meckern.«
»Hab ick wat falsch jemacht?«
»Ja, und nicht nur einmal.«
»Wat denn?«
»Sie haben mir mindestens eine halbe Stunde Arbeit beim Gericht eingebrockt, weil Sie mir ein falsches Aktenzeichen aufgeschrieben haben. Und bei dem Brief, den Sie gestern für mich geschrieben haben, war der Name des Beschuldigten falsch. Sie können natürlich sagen«, er bemühte sich, ihren Berliner Jargon zu treffen, »davon jeht die Welt nich unta. Geht sie auch nicht, gebe ich zu. Trotzdem fällt mir auf, daß sich so etwas in letzter Zeit bei Ihnen häuft.«
»Vielleicht liegt det daran, det ick mir uff die Prüfung vorbereite«, sagte sie mit Leidensmiene. »Die is in'n paar Wochen, und ick muß würklich 'ne Menge büffeln. Manchmal befinde ick mir echt im Streß.«

Er zeigte auf ihre Kopfhörer. »Wissen Sie, woher der Streß kommt? Liegt es vielleicht daran, daß Sie immer dieses Ding da auf den Ohren haben? Von all dem, was die Arbeit betrifft, bekommen Sie doch nur die Hälfte mit.«
»Haben Sie etwa wat jejen jute Musik?« fragte sie lauernd.
»Nicht das geringste. Ich habe nur was gegen falsche Aktenzeichen und fehlerhaft geschriebene Namen. Das darf einfach nicht vorkommen!«
Sie gab nicht zu erkennen, ob sie sich seine Worte zu Herzen nahm. »Kann ick jetzt jehen?«
»Natürlich.«
Sie drehte sich um, setzte die Hörer wieder auf und marschierte, voll im Diskosound, davon.

*

Der Untersuchungsgefangene Rosemund befand sich im Krankenrevier der Haftanstalt. Er hatte sich, mehr ans süße Leben als an karge Kost gewöhnt, gründlich den Magen verdorben. Als Liebling seinen Mandanten besuchte, war das einzige Sprechzimmer der Gefängnis-Krankenanstalt besetzt, und Verteidiger und Mandant erhielten die Sondererlaubnis, sich im gartenähnlichen Hof inmitten der hohen Mauern zu unterhalten.
»Hatten Sie so was schon öfter?« erkundigte Liebling sich.
Rosemund schüttelte den Kopf. »Das kommt von dem Drecks-Essen. Mein Magen ist nicht fürs Ge-

fängnis geschaffen. Wie lange muß ich denn noch hier drinbleiben?«
»Wissen Sie, was Ihnen blühen kann? Leute, die nichts anderes getan haben als Sie, sind schon zu sechs Jahren verknackt worden. Sie sollten sich langsam von der Vorstellung trennen, daß das hier 'n Spaß is. Es wird bitterernst.«
»Wie kommen Sie darauf, daß ich die Sache nicht ernst nehme?«
»Weil Sie noch immer auf dieser albernen Geschichte mit dem englischen Touristen rumreiten. Kein Mensch nimmt Ihnen das ab!«
Verbohrt entgegnete Rosemund: »Die stimmt aber!«
Liebling fühlte sich veralbert und sah ihn skeptisch an. »Ich habe mit der Staatsanwältin geredet. Sie hat einen Vorschlag gemacht, den Sie sich genau überlegen sollten: Sie will von Ihnen wissen, wo das falsche Geld wirklich herkommt. Als Gegenleistung wäre sie bereit, großzügig zu sein.«
»Was heißt das?«
»Sie hat gesagt, 'ne Geldstrafe und womöglich 'ne Haftstrafe auf Bewährung. Aber nur gegen Kasse: Nur gegen die volle Information.«
»Ich habe alles gesagt. Ich kann keine Geschichte erfinden, damit sie zufrieden ist. Außerdem würde sie sowieso rauskriegen, daß ich geflunkert habe.«
Liebling ging langsam auf die Eisentür zu, die ins Krankenrevier führte, und gab dadurch zu erken-

nen, daß seine Mission gescheitert war. »Ich kann im Augenblick nicht mehr tun, als Sie nochmals zu bitten, sich alles gründlich zu überlegen. Viel Zeit haben Sie nich mehr.«

Rosemund folgte ihm und hielt ihn am Ärmel fest. »Ich hab immer gedacht, der Anwalt glaubt das, was der Mandant sagt...«

»*Der* Anwalt muß erst erfunden werden!«

Rosemund stutzte. »Sie reden aber mit mir, als seien Sie der verlängerte Arm der Gegenseite.«

»Sie haben schlecht aufgepaßt, Herr Rosemund. Ich habe Ihnen geraten, die Wahrheit zu sagen, damit Sie nicht für Jahre im Knast landen. Sie jedoch wollen partout mit Ihrer lächerlichen Touristenversion für 'n paar Jahre in den Bau. Und Sie werfen mir vor, ich bin der verlängerte Arm der Gegenseite? Vor allen Dingen bin ich kein vertrauensseliger Trottel, und schon gar kein Wundertäter. Außerdem«, er lief einige Schritte voraus und drehte sich dann zu Rosemund um, »steht es jedem Angeklagten frei, sich 'n guten Verteidiger zu suchen, wenn er mit dem alten unzufrieden is.«

»So habe ich das ja nicht gemeint.«

»Nee? Was haben Sie mir dann noch zu sagen? Ich habe meinen Vorschlag gemacht.«

»Heute morgen bekam ich eine kurze Mitteilung von der Staatsanwaltschaft, daß ein Brief, der an mich gerichtet ist, beschlagnahmt wurde. Als Gründe wurden angegeben: Kein Absender, kein Datum, und

der Inhalt sei eine versteckte Mitteilung. Wissen Sie, was da los ist? Sie haben doch mit der Staatsanwältin geredet.«
»Davon hat sie nicht gesprochen. Der Brief is sicher ganz neu. Ich werde mich erkundigen und sage Ihnen gleich Bescheid. Kommen Sie, wir gehen rein.«

*

Noch aus dem Untersuchungsgefängnis rief Liebling bei Staatsanwältin Dr. Monk an. Es war die einzige Durchwahlnummer, die er seit einer Woche im Kopf behalten hatte. »Ich habe eine winzige Frage. Eben erzählt mir mein Mandant Rosemund, daß ein an ihn gerichteter Brief beschlagnahmt worden is – darf ich Näheres erfahren?«
»Natürlich. Nur, diesen Brief kann man besser zeigen als vorlesen. Können Sie mal vorbeischauen?«
»Wenn Sie ihn mir nich vorlesen können – vielleicht schicken Sie mir 'ne Kopie.«
»Auch kopieren läßt er sich schlecht. Warum wollen Sie sich um das Vergnügen bringen, ihn anzusehen?«
»Da haben Sie nun auch wieder recht. Wann paßt es Ihnen? Wollen wir unsere Terminkalender vergleichen?«
»Ja«, stimmte sie zu und tat, als suche sie, hektisch murmelnd, nach einer freien halben Stunde.
Robert Liebling, sein Terminkalender lag auf dem Schreibtisch in der Kanzlei, bemühte sich ebenfalls, den Anschein zu erwecken, im dicht gedrängten Stundenplan freie Spitzen zu finden.

Beiden schien es nicht zu gelingen. Mit leichten Schnalzgeräuschen und bedauernden Grunztönen gaben sie einander zu verstehen, daß die nächsten vierundzwanzig Stunden total ausgebucht waren.
»Jammerschade«, sagte Rosemarie Monk.
»Wirklich«, antwortete er.
»Wo sind Sie denn jetzt?« Es klang völlig nebensächlich, reines Interesse, wo der Gesprächspartner sich zur Zeit aufhielt.
»In der U-Haftanstalt.«
»Um die Ecke?« platzte sie heraus. »Dann kommen Sie doch gleich!«
»Wollte ich doch«, gab er zu und legte auf.
Er ging, nein, wetzte zum Moabiter Gerichtsgebäude, nahm die Stufen der breiten Freitreppe im pompösen Kaiser-Wilhelm-Bau wie ein Weltmeister und atmete langsam tief ein und aus, als er in den Flur einbog, wo Frau Dr. Monk ihr Dienstzimmer hatte.
Bevor er eintrat, sah er sicherheitshalber nach links und nach rechts. Die Luft war rein. Er bückte sich und blickte durch das Schlüsselloch. Was er sah, stimmte ihn ganz schön heiter: Rosemarie Monk saß am Schreibtisch, linste in einen Taschenspiegel, korrigierte mit rotem Konturenstift ihre Lippen, preßte sie zusammen, zog die untere über die obere, drehte den Kopf ein wenig nach links und dann nach rechts, lächelte sich an und schien zufrieden. Sie packte Spiegel und Stift weg.

Mit harmloser Miene trat Robert Liebling ein und schmetterte: »Guten Tag!«

»Oh – ich hörte Sie gar nicht klopfen.« Es war nur ein leichter Vorwurf.

»Hab' ich vergessen, ich war so im Schwung.«

»Setzen Sie sich. Haben Sie bei Rosemund etwas erreicht? Will er uns sagen, woher das Falschgeld kommt?«

Liebling hob bedauernd die Schultern. »Er sagte noch mal, er habe schon alles erzählt, und mehr sei da nich.«

Sie holte ein weißes Kuvert aus der Schublade und legte es auf die Schreibtischplatte. »Wenn Sie diesen Brief lesen, werden Sie verstehen, warum er den Mund hält.«

Sie reichte ihm den Umschlag. Er schaute hinein und sah nichts weiter als eine Patrone. »Is ja wie bei der Mafia!«

Sie nickte. »Die Zustände reißen bei uns ein.«

»Sie meinen, das is 'ne Drohung der Geldfälscher an ihn, die Klappe zu halten.«

»Was sonst?«

»Kein anderer Hinweis?«

»Nein. Der einzige, der den Absender kennt, ist Ihr Herr Rosemund.« Sie legte den Umschlag mit der Patrone wieder in die Schublade. »Entscheiden Sie, ob es zweckmäßig ist, ihm davon zu erzählen.«

»Er quatscht jetzt schon nich über seine Hintermänner, und wenn er das Ding da sieht, wird er ver-

schlossener sein als 'n Mönch, der 'n Schweigegelübde abgelegt hat.«
Sie gab ihm die Kopie ihres Schreibens an Rosemund. »Ich denke mir, schon meine Mitteilung, daß ein Brief an ihn beschlagnahmt wurde, gibt ihm schwer zu denken. Sicher ist das auch so beabsichtigt. Denn der Absender kann nicht so naiv sein zu glauben, daß diese massive Todesdrohung dem Adressaten ausgehändigt wird.«
Robert Liebling fand den Gedankengang geradezu klassisch und logisch. »Könnten Sie mal 'n Moment wegsehen?«
Sie wandte den Kopf zur Seite. »Warum?«
»Ich will nich, daß Sie merken, wenn ich verlegen werde. Ich möchte Sie nämlich zum Essen einladen.«
»Dann müssen Sie jetzt auch wegsehen«, forderte sie.
Er tat es, und nun blickten sie beide aneinander vorbei.
»Ich kenne mich in den Ordensregeln nicht so genau aus«, sagte sie leise, »ist das nicht standeswidrig?«
»Wieso? Is einer von uns minderjährig?«
»Nicht doch! Immerhin bin ich Ihre Gegenpartei in einem laufenden Verfahren.«
Wie auf ein geheimes Kommando sahen sie sich wieder an, und Liebling gab zu: »So weit hab' ich noch gar nich gedacht.«
»Ich freue mich selbstverständlich über die Einla-

dung, Herr Liebling, aber – wird dadurch nicht alles viel komplizierter?«
»Sie meinen das Verfahren Rosemund.«
»Ja.«
»Das kann noch ewig dauern.«
Sie lächelte. »Da sind Sie auf dem falschen Dampfer. Das geht ruck, zuck. Ich habe die Anklage fertig. Allerdings kann ich mich erinnern, daß Sie es lieben, Verfahren, die Sie nicht gewinnen können, in die Länge zu ziehen.«
»Das ist ein Gerücht.« Es wurmte ihn, daß er an eine Frau geraten war, die konsequent zur Vernunft neigte. Er kam ihr entgegen, um sie nicht einem Entscheidungszwang auszusetzen, der sie nur verstimmt hätte. »Gut, legen wir eine Denkpause ein, um uns über gewisse Standesdünkel klarzuwerden.«

*

Bei ihm dauerte diese Pause keine Stunde. Er wählte ihre Privatnummer und wußte genau, was er sagen wollte. Nach dem Freizeichen sagte ihre Stimme: »Hier ist der Anschluß von Rosemarie Monk. Ich bin zur Zeit nicht zu Hause. Wenn Sie eine Nachricht hinterlassen wollen, sprechen Sie bitte nach dem Pfeifton.«
Durch den Anrufbeantworter kam er ein bißchen ins Trudeln, denn ein Tonband ist nun mal kein Ohr. »Ahh«, sagte er, was ihm sonst kaum passierte. »Hier ist Liebling. Ich hab' mir die Sache noch mal

gründlich überlegt. Ich glaube nich, daß es standeswidrig is. An den nächsten Abenden habe ich jedenfalls ziemlich viel Zeit.« Und dann gab er unfreiwillig zu erkennen, wie sensibel er war. »Ich kann mir vorstellen, daß einer wie ich, ich meine im vorgeschrittenen Alter, sich 'n bißchen lächerlich bei so was ausnimmt, vielleicht auch aufdringlich. Wenn's so is, sollten Sie mir das unbedingt sagen. Denn von allein merk' ich so was nich.«

*

Arnold hatte eine Sache auf dem Tisch liegen, die ihm Unbehagen einflößte. Als dann noch der Mann auftauchte, der dringend des juristischen Zuspruchs bedurfte, wurde aus Unbehagen schiere Antipathie. Frank Opitz war einer jener jungen, redegewandten Geschäftsleute, die sogar Schnürsenkel für Slipper verkaufen konnten und Analphabeten mehrbändige Nachschlagwerke andrehten.

Eine Zigarette paffend glitt er in Arnolds Zimmer, setzte sich und jammerte: »Seit zwölf Jahren fahre ich Auto, und noch nie habe ich den kleinsten Unfall verschuldet! Ich meine, das muß doch eine Rolle spielen, das kann doch nicht einfach unter den Tisch fallen...«

Arnold blätterte in der Anklageschrift und ließ sie auf den Tisch fallen. »Furchtbar.«

»Na, Sie machen mir vielleicht Mut! Die Sache ist nun mal passiert. Ich kann's nicht ändern. Soll ich mir vielleicht das Leben nehmen? Irgendwie weiter-

gehen muß es schließlich.« Er zeigte auf die Anklageschrift. »Haben Sie den Wisch genau gelesen? Die tun doch so, als hätte ich das Kind absichtlich totgefahren.«
»Wenn das so wäre, würde man Sie wegen Mord anklagen.«
»Bin ich auf der falschen Straßenseite gefahren?« zeterte Opitz. »Nein! Bin ich ohne Licht gefahren? Auch nicht! Habe ich Unfallflucht begangen? Nein! Ich habe nicht eine Sekunde gezögert, das blutverschmierte Kind in meinen Wagen zu legen und zur Notaufnahme zu fahren. Sehen Sie sich mal die Polster an – aber darüber verliere ich kein Wort. Die Reinigungskosten, die Reparatur der Frontpartie und der Scheinwerfer – alles muß ich selbst zahlen.«
»Sie sind siebzig gefahren, obwohl nur fünfzig erlaubt sind«, sagte Arnold angewidert.
»Behaupten *die!*«
»Behauptet der Sachverständige. Wie schnell sind Sie denn Ihrer Meinung nach wirklich gefahren?«
»Sechzig, vielleicht eine Winzigkeit darüber. Ich sage Ihnen, das Kind kam wie eine Rakete zwischen zwei parkenden Wagen hervorgeschossen. Ich hätte auch nichts machen können, wenn ich fünfzig gefahren wäre.«
»Aber Sie sind nicht fünfzig gefahren.«
»Jetzt fangen Sie auch noch an! Das hätte jedem anderen ebenso passieren können. Ihnen genauso wie Hinz und Kunz. Und ausgerechnet ich muß der Dumme sein, an dem es hängenbleibt.«

»Es ist doch wohl ein Riesenunterschied, ob einem etwas *hätte* passieren können oder ob es ihm tatsächlich passiert ist.«
»Das sind doch Wortklaubereien. Wir wollen doch mal den Tatsachen ins Auge sehen. Wer bin ich denn? Ein Mörder? Mir ist ein Kind in den Wagen gelaufen. Das passiert jeden Tag. Zum Begräbnis von dem Kind habe ich sogar einen Riesenkranz geschickt. Weiße Nelken, rote Rosen und weiße Calla. Hundertsiebzig Mark achtzig.«
»Wie schön von Ihnen«, sagte Arnold mit Abscheu.
Aber Opitz steigerte sich noch. »Ich wollte sogar hingehen auf den Friedhof. Aber dann habe ich gedacht, meine Anwesenheit könnte bei den Eltern Aggressionen auslösen. Meinen Sie, es kann bei der Verhandlung gegen mich sprechen, daß ich nicht da war?«
Arnold trommelte mit den Fingerspitzen auf der Schreibunterlage, gab jedoch keine Antwort.
»Ich bin der Trauerfeier wirklich nur aus Rücksicht auf die Eltern ferngeblieben. Das muß man doch irgendwie erwähnen.« Opitz zündete sich eine neue Zigarette an. Er nahm noch immer nicht zur Kenntnis, daß Arnold schwieg. »Sagen Sie mal, Herr Rechtsanwalt, die haben mir noch am selben Abend, als das passiert war, den Führerschein weggenommen. Ich brauche ihn dringend. Sie kennen ja unseren Stadtverkehr. Kann man da nichts machen?«
Arnold vermied, den Mann anzusehen. »Glauben

Sie nicht, daß es zur Zeit größere Probleme für Sie gibt?«
»Ich will Ihnen das mal kurz erklären: Ich wohne am Marheinekeplatz, fünf Minuten von der nächsten U-Bahn. Aber die Filiale, in der ich arbeite, liegt in der Nähe vom Klinikum Steglitz. Da ist nirgends eine U-Bahn-Station. Ich muß jetzt jeden Tag geschlagene anderthalb Stunden unterwegs sein...«
»Hören Sie auf zu erzählen!«
»Wie bitte?«
Arnold reichte ihm die Anklageschrift über den Tisch. »Hier, nehmen Sie das, und gehen Sie bitte.«
Opitz blies empört die Wangen auf. »Was soll das heißen? Ist das ein Rausschmiß?«
»Das können Sie auffassen, wie Sie wollen.«
»Aber Sie können doch nicht einfach einen Mandanten vor die Tür setzen!« bellte Opitz wütend.
»Doch, ich kann«, sagte Arnold scharf. »Sie sind nicht mein Mandant. Ich lehne ab, Ihren Fall zu übernehmen. Ich möchte mit Ihnen nichts zu tun haben.«
»Nicht zu fassen...«
Arnold ging an ihm vorbei und riß die Tür auf. »Bitte! Wundern Sie sich draußen weiter!«

*

Im holzgetäfelten Saal I des Landgerichts fand der Prozeß gegen Georg Rosemund statt. Viel eher, als Robert Liebling erwartet, später, als Rosemarie Monk angekündigt hatte.

Kaum Zeit beanspruchten Formalitäten und Eröffnungsbeschluß, etwas länger dauerte Rosemunds Vernehmung, der mit peinlicher Sturheit bei seiner Darstellung von der nächtlichen Begegnung mit dem englischen Touristen blieb. »Ich hatte den Mann nie vorher gesehen. Er sagte, daß er aus Sheffield gekommen sei und sich Berlin ansehen wollte. Meiner Ansicht nach sprach er auch wie ein Engländer...«
»Wollen Sie uns der Vollständigkeit halber den Namen des Mannes nennen«, sagte der Vorsitzende.
»Billy Cooper. Als er mir das Geschäft vorgeschlagen hat...«
»Welches Geschäft?«
»Seine englischen Pfunde gegen Deutsche Mark zu tauschen. Da habe ich nicht im Traum daran gedacht, daß es sich bei den Pfundnoten um Falschgeld handeln könnte.«
»Augenblick mal«, unterbrach ihn der Richter. »Sie haben ausgesagt, dieser Mann wollte Ihnen bei dem von ihm vorgeschlagenen Wechselgeschäft fünfundzwanzig Prozent gegenüber dem amtlichen Kurs nachlassen. Hielten Sie das für eine typisch britische Marotte? Ich frage das deshalb, weil diese Kammer vorwiegend mit Münzverbrechen und Münzvergehen befaßt ist. Dazu gehört ja auch Verbreiten und Abschieben von Falschgeld. Ich will damit andeuten, wir kennen hier die möglichen, zur Entlastung vorgebrachten Aussagen im Hinblick auf die Paragraphen 146 bis 148. Und Sie machen auf das Gericht

auch nicht den Eindruck eines weltfremden Menschen. Sie haben also nicht im Traum daran gedacht, daß es sich um Falschgeld handeln könnte, das der obskure Mister Cooper Ihnen so billig in die Hand drückte.«

»Nein«, versicherte Rosemund blauäugig.

»Belassen wir das jetzt dabei. Aber gleich bei Ihrem ersten Versuch, einen Teil des Geldes umzutauschen, nämlich fünfzig Pfund, sind Sie festgenommen worden. Ist das richtig?«

»Ja.«

»Spätestens von diesem Zeitpunkt an müssen Sie gewußt haben, daß die Pfundnoten von Mister Cooper nicht echt gewesen sind. Habe ich da recht?«

»Ja.«

Der Vorsitzende schlug eine Seite des polizeilichen Vernehmungsprotokolls um. »Als Sie nun wieder auf freien Fuß gesetzt worden waren, haben Sie die restlichen Falsifikate, nämlich vierhundertfünfzig Pfund, in vollem Bewußtsein, daß es sich um nachgemachtes Geld handelt, weiter in den Verkehr gebracht. Stimmt das?«

»Ja, aber...«

»Nicht aber!« winkte der Richter ab. »Ja oder nein.«

»Es gibt Fragen, die sich nicht mit einem schlichten Ja oder Nein beantworten lassen.«

»Ich bin Ihnen sehr verbunden, daß Sie mich darauf aufmerksam machen. Doch die Frage, die ich Ihnen zuletzt stellte, gehört eindeutig nicht dazu. Ich

möchte von Ihnen wissen, ob Ihnen, als Sie das zweite, dritte und vierte Mal bei drei verschiedenen Bankfilialen diese Pfundnoten eintauschten, klar war, daß die Scheine gefälscht waren. Die gleichartigen Seriennummern ließen ja keinen anderen Schluß zu.«
»Ja.«
»Na, sehen Sie, Herr Rosemund, geht doch ohne Wenn und Aber. Sie können sich jetzt wieder setzen.«
Verteidiger Robert Liebling und Staatsanwältin Rosemarie Monk sahen sich kurz an und blickten dann wieder in ihre Papiere.
Zur Zeugenvernehmung wurde der Kriminalbeamte Hirt aufgerufen, der seinerzeit die Durchsuchung der Rosemundschen Wohnung geleitet hatte. Nach Beantwortung der Fragen zur Person sagte er: »Am 11. November vorigen Jahres hatten wir in der Wohnung des Herrn Rosemund eine Durchsuchung vorzunehmen. Durchsuchungsziel war das Auffinden von Falschgeld, genauer, von gefälschten englischen Pfundnoten.«
»Wurde dieses Durchsuchungsziel erreicht?« fragte Liebling.
»Nein, ist uns nicht gelungen.«
»Wie viele Beamte waren an der Hausdurchsuchung beteiligt?« wollte die Staatsanwältin wissen.
»Außer mir noch zwei Kollegen.«
»Wie groß ist die Wohnung?«

»Zwei Zimmer, Küche, Bad und kleiner Flur.«
»Für wie wahrscheinlich halten Sie es«, fragte Frau Dr. Monk, »daß Sie Geldscheine übersahen, die sich vielleicht doch in der Wohnung befunden haben könnten?«
Liebling hob die Hand, stand auf und sprach den Vorsitzenden an: »Ich bitte, die Frage nicht zuzulassen. Natürlich wird der Zeuge dies für unwahrscheinlich halten, sonst müßte er damit zugeben, die Durchsuchung nicht ordnungsgemäß durchgeführt zu haben. Außerdem ist es für die Aufklärung des Sachverhalts ohne Bedeutung, für wie wahrscheinlich der Herr Zeuge es hält, ob er verstecktes Geld übersehen hat.«
»Beantworten Sie die Frage trotzdem«, forderte der Richter den Kriminalbeamten auf.
»Wären Scheine dagewesen, hätten wir sie auch gefunden!«
Der Richter blickte über den Rand seiner Halbbrille. »Danke, Herr Zeuge, Sie können dort hinten Platz nehmen. Noch eine Frage an Sie, Herr Rosemund. Sie können sitzen bleiben.« Der Vorsitzende hob eine Plastiktüte hoch, in der das Beweismaterial, die englischen Blüten, zu sehen waren. »Zur Zeit der Durchsuchung haben sich diese Noten, behaupten Sie, dennoch in Ihrer Wohnung befunden, ist das richtig?«
Rosemund nickte beflissen. »Ja.«
Liebling spähte zu Frau Dr. Monk hinüber und fragte

sich, welchen Sinn es haben könnte, die Zeugenaussage dieses Kriminalbeamten abzuschmettern. Hätte er die falschen Fünfziger bei der Durchsuchung gefunden, wäre Rosemund nicht zur zweiten Umtauschaktion gestartet. Es wäre bei der einen 50-Pfund-Note geblieben. Dann stolperte Liebling über seinen Gedankengang, und er mußte das Horrorgefühl unterdrücken, diesen Prozeß zu verlieren.

Die Staatsanwältin schenkte Liebling einen undurchschaubaren Blick. Ihr Verdacht war bestätigt worden, daß Rosemund das Falschgeld gar nicht in seiner Wohnung aufbewahrt hatte. Ihr Vertrauen in die Tricks der Profis vom Falschgelddezernat war groß. Noch mehr freute sie sich darüber, daß Liebling ihre Frage an Hirt nicht durchschaut hatte.

Überraschend schnell erteilte der Vorsitzende Richter der Staatsanwältin das Wort zum Plädoyer. Nach den üblichen Floskeln, mit denen Gericht und Gegenpartei angesprochen werden mußten, sagte sie: »Die Geschichte, die der Angeklagte uns erzählt hat, stellt eine Folge von Unwahrscheinlichkeiten dar, die allerdings von ihm so ausgewählt wurden, daß eine Nachprüfung schwer oder gar unmöglich ist. Wie soll man zum Beispiel die Sache mit dem ominösen englischen Touristen auf ihren Wahrheitsgehalt hin überprüfen? Selbst wenn man hinfahren und nachweisen würde, daß unter den hundert Billy Coopers, die es sicher in Sheffield gibt, sich dieser

eine *nicht* befindet, dann kann der Angeklagte immer noch sagen: Na, schön, dann hat der Mann am Kottbusser Tor mich eben angelogen, was kann ich dafür? Oder nehmen wir die Sache mit Otfried Hosalla, in dessen Begleitung der Angeklagte verhaftet wurde. Hosalla ist wegen Inverkehrbringens von Falschgeld vorbestraft, aber der Angeklagte sagt, das habe mit seiner Angelegenheit nichts zu tun, ja, er habe nicht einmal davon gewußt. Auch Hosalla hat bei seiner Vernehmung durch die Staatsanwaltschaft in Würzburg angegeben, er kenne den Angeklagten nur flüchtig und erst seit kurzer Zeit, und der wisse nichts von seiner, Hosallas, Vorstrafe...«
Frau Dr. Monk nahm einen roten Zettel von ihrem Tisch und ging zum Richtertisch. »Ich habe hier die Kopie einer Besuchsgenehmigung. Wie Sie sehen, hat der Angeklagte am 10. August 1982 den damals einsitzenden Otfried Hosalla in der Strafanstalt besucht. Damit ist der Nachweis geführt, daß der Angeklagte sehr wohl von der Vorstrafe wußte und daß Hosalla mehr ist als nur ein flüchtiger Bekannter, der sich aus purem Zufall«, sie streifte Liebling mit einem zufriedenen Blick, »am Grenzkontrollpunkt Lauffen in Begleitung des Angeklagten befand.«
Sie ging an ihren Platz zurück. »Ich darf die Aussage des Zeugen Hirt in Erinnerung rufen: ›Wären Scheine dagewesen, hätten wir sie auch gefunden.‹ Das bedeutet, in der Wohnung des Angeklagten befanden sich nach seiner Festnahme beim Umtausch

der einen Pfund-Note keine weiteren Falsifikate. Ich will mich nicht in Mutmaßungen über weitere Hintermänner des Falschgeldringes verlieren, aber es ist ganz offensichtlich, daß der Angeklagte mit seinen unwahren Aussagen dritte Beteiligte schützt. Wer die Usancen dieser Kreise kennt, kann ihm das nicht einmal übelnehmen. Für mich stellt sich nur die Frage: Hat der Angeklagte unwissentlich nachgemachtes Geld in Verkehr gebracht? Sie ist eindeutig mit ›Nein, wissentlich‹ zu beantworten. Daher ist hier nach Paragraph 146 StGB zu verfahren. Ich beantrage fünf Jahre Gefängnis für den Angeklagten.«

Dann hatte Robert Liebling das Wort. Er fühlte sich in die traurige Lage gedrängt, als Verteidiger so etwas wie eine Pflichtnummer abziehen zu müssen. Georg Rosemund, von vornherein nicht kommunikationsbereit, nahm aus Selbstschutz eine Verurteilung in Kauf, jedermann im Saal wußte, daß er log, die Staatsanwältin hatte mit der von ihr ausgegrabenen Besuchserlaubnis einen Schuß aus dem Hinterhalt abgegeben, der Robert Liebling genau in die Brust traf.

Er raffte sich auf. »Die Aussage meines Mandanten, der Engländer Billy Copper habe ihm nächtens am Kottbusser Tor einen prozentual günstigen Geldwechsel vorgeschlagen, ist, wie auch die Frau Staatsanwältin erkannt hat, schlechterdings nicht zu widerlegen. Als Augenwischerei hingegen betrachte

ich die Hypothese, eine Reise nach Sheffield würde zwar ein paar Dutzend Billy Coopers bescheren, jedoch bestimmt nich den, der am Berliner Kottbusser Damm fünfhundert Pfund eintauschen wollte«.
Er spürte, daß Rosemarie Monk ihn ansah, und sofort dachte er an ihre Beschuldigung, er neige dazu, die für ihn aussichtslosen Prozesse zu verschleppen. Er dachte jedoch auch an den Drohbrief mit der Patrone. Also verbiß er sich darein, die Phantomfigur Billy Cooper weiter auszubauen. »Für die Verurteilung is doch nich so sehr die Wahrscheinlichkeit eines bestimmten Fehlverhaltens wichtig als vielmehr die Beweisbarkeit. Und in dieser Beziehung sind die Darlegungen der Frau Staatsanwältin ein wenig dünn gewesen. Schön, mein Mandant hat vor rund sechs Jahren diesen Menschen Hosalla im Gefängnis besucht. Was besagt das? Ich weiß nich, was ich am 10. August vor sechs Jahren gemacht habe. Tut mir leid. Vielleicht hat Herr Hosalla das auch vergessen oder verdrängt. Meinetwegen hat er auch die Unwahrheit gesagt. Ein Angeklagter is nich zur Wahrheit verpflichtet, wenn sie ihm schadet. Weiterhin kann ich der Frau Staatsanwältin nich folgen bei der Beurteilung der Wohnungsdurchsuchung. Der Zeuge Hirt kann gar nix anderes sagen als: ›Wenn Scheine dagewesen wären, hätten wir sie auch gefunden.‹ Weil er sonst zugeben müßte, ich wiederhole mich, die Durchsuchung nich ordnungsgemäß durchgeführt zu haben. Wenn mein Mandant in sei-

ner Wohnung ein ausgeklügeltes Versteck angelegt hat, das sich allen Aufspürtricks entzieht, was dann? Der Zeuge und seine Kollegen vom Falschgelddezernat haben nix gefunden. Das is kein schlüssiger Beweis für die Existenz von Hintermännern! Man kann meinem Mandanten allenfalls fahrlässige Naivität vorwerfen und den Paragraph 148 in Anwendung bringen. Ich zitiere: Wer nachgemachtes oder verfälschtes Geld als echtes empfängt und nach erkannter Unechtheit als echtes in Verkehr bringt, wird mit Gefängnis bis zu drei Monaten oder mit Geldstrafe bestraft.«

Er setzte sich, der Angeklagte verzichtete auf sein letztes Wort, und das Gericht zog sich zur Beratung zurück.

Die drei Richter und die beiden Laienrichter mußten sich schon während der Verhandlung über das Strafmaß einig gewesen sein. Das Türchen zum Beratungszimmer öffnete sich schon nach verhältnismäßig kurzer Zeit, die Richter gingen an ihre Plätze, und alle Anwesenden standen auf, als der Vorsitzende das Urteil verkündete.

»Im Namen des Volkes: Der Angeklagte wird wegen wissentlicher Verbreitung von Falschgeld in drei Fällen zu einer Freiheitsstrafe von vier Jahren und sechs Monaten verurteilt.«

Alle setzten sich zur Anhörung der Urteilsbegründung. Nur Georg Rosemund blieb entsetzt stehen, und auf einmal liefen ihm Tränen über die Wangen.

*

Nebeneinander gingen Robert Liebling und Staatsanwältin Dr. Monk die breite Freitreppe hinunter in die Vorhalle des Gerichtsgebäudes.
»Wahrscheinlich hab ich's mir jetzt bei Ihnen verscherzt«, mutmaßte sie.
»Verscherzt is nich das richtige Wort«, erwiderte er. »Aber liegt's Ihnen nich auch 'n bißchen auf der Seele, daß so'n junger Mann für 'n paar Jahre aus der Öffentlichkeit verschwindet?«
Sie stellte eine Gegenfrage. »Wissen Sie, was mir auf der Seele liegt? Daß Rosemund hundertmal mehr Falschgeld verbreitet hat, als wir ihm nachweisen können, und daß er es später wieder tun wird, sobald er wieder draußen ist – und daß er uns einen Dreck hilft, an die Leute heranzukommen, die die Blüten herstellen.«
»Selbsterhaltungstrieb«, sagte er und hielt ihr die große Ausgangstür auf.
Auf der Straße fuhr sie fort: »Aber das alles scheint Ihnen nicht so sehr an die Nieren zu gehen.« Sie sah auf ihre Armbanduhr. »Ich muß jetzt leider weg. Auf Wiedersehen.«
Er eilte die paar Schritte hinter ihr her. »Moment noch! Was is nun mit der Einladung?«
»Das weiß *ich* doch nicht.«
»Wär's jetzt noch immer standeswidrig?« fragte er und begleitete sie bis zu ihrem Wagen.
Sie schloß die Tür auf, setzte sich hinein und kurbelte das Fenster herunter. »Ich glaube nicht. Außer Sie haben vor, in die Revision zu gehen.«

Er lächelte breit und beendete damit die Sache Rosemund ein für allemal. »Wollen Sie lieber im Restaurant essen oder bei mir zu Hause?«
Erwartungsvoll fragte sie: »Können Sie denn gut kochen?«
»Nich sehr.«
»Dann natürlich im Restaurant.«
Liebling gab sich zerknirscht. »Das hat man nun davon, wenn man ehrlich ist.«
»Sie hätten ja auch sagen können, daß Sie irrsinnig gut kochen«, sagte sie schadenfroh. »Ich bin nicht verwöhnt – ich hätt's nicht gemerkt.«
»Mein Gott, bin ich dämlich«, gab er komisch verzweifelt zu. »Also – wie sieht's aus mit Ihren einsamen Abenden? Heute, morgen, übermorgen?«
»Heute«, sagte sie viel zu schnell und viel zu laut.
Er registrierte das voller Wonne. »Paßt mir gut. Morgen wär's mir auch recht gewesen. Für übermorgen hat sich nämlich meine Mutter angemeldet. Ich hole Sie ab, angenehm?«
Sie geriet nicht gerade in einen Begeisterungstaumel. »Doch nicht etwa mit Ihrer Knatterkiste?«
»Sie tun gerade so, als ob ich Moped fahre! Knatterkiste! Nich zu glauben! Ich komme mit einer hochvornehmen Taxe, und dann fahren wir«, er schaute zum Himmel, »irgendwohin, wo wir draußen essen können. Am Wannsee kenne ich 'n paar schnuckelige Lokale. Das Wetter macht mit. In Ordnung?«

*

Der Kellner im Gartenrestaurant schätzte sie ab und reihte sie ein in die Kategorie »besseres Ehepaar«, im Klartext hieß das, guter Service wurde erwartet, anständiges Trinkgeld war sicher. Also gab er ihnen einen guten Tisch und legte ihnen zur Speisekarte auch gleich die Weinkarte vor.

Robert Liebling bewegte sich und redete, als befände er sich auf der Balz. Rosemarie Monk bemerkte es und fand es lustig, daß dieser gestandene Mann seine Zuneigung so offen zeigen konnte.

Mit einem seiner Blumentöpfe, die er ihr in lockerer Folge über den Tisch reichte, vergaloppierte er sich allerdings. »Sie sollten übrigens wissen, warum ich den Fall Rosemund angenommen habe. Zuerst hab' ich nämlich hin und her geschwankt wie 'ne Palme im Wind.«

»Ich bin gespannt.«

»Weil ich in der Anklageschrift las, daß Sie die Staatsanwältin sind.«

Sie lachte nicht geschmeichelt, sie lächelte distanziert.

»Finden Sie das komisch?« fragte er.

»Überhaupt nicht. Weil es nicht stimmt.«

»Das können Sie nich einfach so sagen.«

»Ich kann, weil das niemand wußte. Ganz zuerst sollte Staatsanwalt Buchwald die Sache bearbeiten. Er wurde jedoch krank, und ich mußte von heute auf morgen einspringen.«

Liebling wurde verlegen. »Is wahr?«

»Ja, das ist wahr«, sagte sie heiter.
»Ich wollte bloß was Nettes sagen«, gab er zu.
»Es is nämlich schwer, ein gutes Kompliment zu finden.«
»Wenn Sie es auch mit Gewalt versuchen«, tadelte sie zahm. »Mir fällt das leichter.«
»Machen Sie mal«, sagte er neugierig.
»Ich habe damals in der Zeitung gelesen, wie Sie den jungen Kerl aus dem Supermarkt herausgeholt haben. Das hat mir wirklich imponiert. Und als ich vor ein paar Wochen die Akte Schlicht in die Hände bekam und las, daß Sie der Verteidiger dieses Scheckbetrügers sind, war ich tatsächlich gespannt auf Sie.«
Er fühlte sich gebauchklatscht. »Das haben Sie am Verhandlungstag aber verdammt gut getarnt.«
»Was haben Sie denn erwartet, Herr Rechtsanwalt? Ich bin eine Dame.«
»Das weiß ich, deshalb bin ich auch keck und verwegen...«
Der Kellner nahm ihre Bestellung auf und fragte: »Wünschen die Herrschaften vorher einen Aperitif?«
»Sherry?« fragte Liebling die Dame.
Als sie nickte, sagte er: »Die Herrschaften wünschen vorher einen Sherry und 'n großes Bier.«
»Übrigens sagte das schon mein Vater«, erklärte sie.
»Was – 'n großes Bier?«

»Nein. Das Zitat: ›Komm den Damen zart entgegen, du gewinnst sie, auf mein Wort, doch bist keck du und verwegen, kommst du noch viel weiter fort.‹ Darunter habe ich mir lange nichts vorstellen können.«

»Und seit Sie mich kennen – ja?«

Sie faltete die Hände unter ihrem Kinn und stützte die Unterarme auf den Tisch. »Also, es ist ja nicht so, daß ich eben aus dem Ei gekrochen bin. Ich muß mich in dieser Männerwelt bereits seit einigen Jahren zurechtfinden. Deshalb kann ich behaupten, Sie sind von angenehmer Zurückhaltung.«

»Im Vertrauen: Ich hielt mich immer für 'n tollen Draufgänger.«

Sie lachte laut. »Wie man sich täuschen kann, was?«

Er machte ein langes Gesicht. »Können Sie nich zur Abwechslung wieder was Nettes sagen?«

»Darf ich auch intime Fragen stellen?«

»Sie immer«, sagte er gespannt.

»Halten Sie sich eigentlich für einen guten Verteidiger?«

»Manchmal ja, manchmal nein«, antwortete er verwundert. »Aber 'ne Pflaume bin ich wahrscheinlich nich.«

»Ich habe den Eindruck, daß Sie nichts anderes im Auge haben, als eine Verurteilung zu verhindern. Alles andere interessiert Sie nicht.«

»Und nun bezweifeln Sie, daß meine Handlungsweise der Gerechtigkeit dient, was? Ich bin 'n Menschenfreund.«

»Das wiederum ahnte ich seit dieser Geschichte im Supermarkt. Wie haben Sie sich eigentlich gefühlt, als der Junge mit seiner Pistole herumfuchtelte. Waren Sie da auch noch Menschenfreund?«
»Schwer zu beschreiben. Ich gebe zu, ich hatte Schiß, aber das durfte ich dem Bodo nich zeigen. Der hatte genug Angst vor der eigenen Courage, und seine Wumme war für ihn so was wie 'ne Korsettstange. An der hat er sich verzweifelt festgehalten aus Angst, von der Polizei umgenietet zu werden. Ich hab' da den Übervater gemimt, was ganz schön schwer is, wenn man nur 'n Hemd anhat. Und mein Kompagnon Arnold war ja auch noch mit drin. Eine Scheißverantwortung.«
»Und was ist aus dem Jungen geworden?«
»Bodo Bilgereit is zu 'ner Jugendstrafe von unbestimmter Dauer verurteilt worden.«
»Und das halten Sie natürlich für hirnrissig.«
»Ja. Die meisten Staatsanwälte haben nix anderes im Auge, als 'ne möglichst strenge Bestrafung zu erreichen. Solange es die gibt, muß es auch Verteidiger wie mich geben. Was glauben Sie denn, was dieses anfällige Bürschchen in der Jugendstrafanstalt lernt? Muß ich Ihnen doch nich auseinanderpopeln, oder? Der kommt als Profi raus, und dann will er zeigen, was ihm die Kumpels beigebracht haben. Aber das is 'n Thema für sich, was wir beide nich ausdiskutieren können.«
Der Kellner servierte den Sherry und das Bier und

wechselte bei Rosemarie Monk das Messer aus, weil sie Fisch essen wollte.

»Wenn Sie morgen zufällig auch Appetit auf Fisch haben sollten, ich wüßte ein sehr gutes italienisches Restaurant, wo wir...«

»Gern.«

Perplex von der schnellen Zusage fragte er etwas, was er gar nicht mehr hatte wissen wollen. »Hören Sie eigentlich Ihren Anrufbeantworter ab?«

»Manchmal. Warum wollen Sie das wissen? Haben Sie bei mir angerufen?«

»Na klar, Sie sind nämlich die erste Staatsanwältin, mit der ich außerhalb des Gerichts 'n privates Wort rede.«

Im Sitzen deutete sie einen Hofknicks an. »Ich hoffe, ich erweise mich Ihrer Zuneigung würdig. Ich selbst, muß ich zugeben, hatte schon öfter mit Rechtsanwälten zu tun.«

»Aber doch nich etwa privat?« sagte er und stöhnte innerlich bei der Vorstellung, Rosemarie Monk an der Seite eines Kollegen beim Abendessen zu treffen.

Sie überlegte einen Moment, ob das Geständnis zu diesem Zeitpunkt angebracht sei, doch dann sagte sie mutig: »Ja – mit einem war ich acht Jahre lang verheiratet.«

Robert Liebling schaute erst sie und dann seinen halben Liter Bier an. Er nahm das Glas hoch, setzte es an die Lippen und trank es in einem Zug aus.

Sie sah ihm mit halbgeöffnetem Mund zu und war beeindruckt. »Das ist ja eine Pracht, wie Sie trinken.«
Er stellte das Glas mit einem Bums ab. »Wenn ich sprachlos bin, hab' ich immer schrecklichen Durst.«

*

Beim kritischen Gang durch seine Wohnung bereitete Robert Liebling sich seelisch darauf vor, daß seine Mutter ihn am nächsten Tag besuchte und einige Tage bei ihm wohnen würde. Er hatte genug Platz, und Ausweichmöglichkeiten gab es, um sich mal aus dem Weg zu gehen. Doch er kannte seine Mutter zu gut. Die fünfundsiebzigjährige alte Dame wachte bei jeder ihrer Visiten betulich über das Wohl und Wehe ihres fünfzigjährigen Sohnes, und das mit einer Intensität, als wäre er gerade eingeschult worden. Selbstverständlich wußte sie alles besser, fand es absolut in der Ordnung, daß er sich ihre Lebenserfahrungen exakt zu eigen machte, und sie hatte einen Spruch drauf, mit dem er ganz wenig anzufangen wußte: »Papa hat auch immer...«
Er stieg in die Wanne und ließ sich wohlig seufzend ins heiße Wasser rutschen. Aber wie er sich auch legte, seine Knie blieben immer trocken. Er war einfach zu lang, in diesem Augenblick der Entspannung polterte es vor der Wohnungstür, und die Klingel wurde in einer Weise gedrückt, als sei da wer, der es eilig hatte.
Er schloß die Augen und versuchte, das nervende

Geräusch zu ignorieren, sein Privatleben nicht von einer so simplen Bimmel stören zu lassen. Doch die Glocke ließ ihm keine Chance. Von der Telefonklingel frühzeitig zu abhängiger Sklaverei erzogen, stieg er gehorsam aus der Wanne, schlüpfte in seinen weißen Bademantel, trabte tropfend zur Tür und öffnete.

Draußen stand seine Mutter, Elfriede Liebling, frisch aus Köln eingeflogen, lächelnd, umarmungsbereit, ein bißchen ungeduldig. Statt einer Begrüßungsfloskel rief sie: »Der Taxifahrer war so freundlich, meinen Koffer hochzuschleppen. Nett, nich?«

Er umarmte sie, hob sie ein Stückchen hoch, küßte sie und sprach: »Wieso kannst du nie 'n Termin einhalten? Du sagst, du kommst morgen, und dann kommst du heute. Stell dir vor, ich wär' nich dagewesen. Dann hättste ganz schön dumm vor der Tür gestanden.«

»Igitt, bist du naß!« entgegnete sie.

Er zerrte ihren Koffer in die Wohnung. »Ich war in der Wanne. Hab' ja noch nich mit dir gerechnet.«

»Jungchen, wir waren für heute verabredet.«

»Für morgen. Ich hab's nich nur im Kopp, es steht auch auf meinem Terminkalender.«

Sich vorsichtig umschauend ging sie in die Küche. »Papa hat auch immer alles aufgeschrieben, und dann hat's meistens nich gestimmt. Bist du allein?«

»Natürlich. Wer sollte denn hier sein?«

»So natürlich ist das nich, Jungchen. Als ich das letz-

temal hier war, kam aus deinem Schlafzimmer eine Frau, und die hatte nichts an.«
»Mama – das ist doch Schnee von gestern...«
»Bist du noch mit der zusammen? Es war eine nette Person, gut in Schuß.«
»Ich hab' längst vergessen, wer das war. Komm, setz dich her. Willst du 'n Kaffee?«
Sie nahm seine Hand und hielt sie fest. »Ich darf keinen Kaffee trinken. Nur Tee. Als ich das letztemal hier war, hattest du keinen.«
Er griff ins Küchenbord und präsentierte ihr wie ein Zauberer die bunte Teebüchse. »Hepp!«
Er setzte das Teewasser auf, ging ins Badezimmer zurück und rief: »Du kommst allein zurecht, ja? Ich muß dann in die Kanzlei.«

*

»Daß ich's nicht vergesse, Chef«, sagte Paula. »Ich soll Sie daran erinnern, daß heute Ihre Mutter ankommt.«
Bei ihm klimperte der Groschen pfennigweise. »Ehrlich heute? Steht das fest?«
Schon dieser gelinde Zweifel brachte Paula in Rage. »Wenn ich's nicht weiß, wer soll's dann wissen? Schließlich habe ich den Flug Köln–Berlin–Köln gebucht. Rückflug open!«
Senta lüftete erstaunt ihre Kopfhörer. »Wat denn, Sie ham 'ne Mutter?«
»Denkste, ich bin 'n Findelkind? Is Kundschaft da?«
»Ja, ein Herr Wittlitz«, sagte Paula. »Bißchen nervös, der junge Mann.«

»Ich muß erst mal telefonieren.«

Er verzog sich in sein Zimmer und wählte den Dienstapparat von Rosemarie Monk. »Liebling is hier. Ein Glück, daß ich Sie erwische. Wir können uns leider heute abend nich treffen. Vorhin klingelt's bei mir, und wer steht draußen? Meine Mutter. Ich hab' erst morgen mit ihr gerechnet, aber das war 'n Fehler von mir. Sie kommt so selten, daß ich am ersten Abend nich einfach abhauen kann.«

Offenbar rechnete sie nach und fragte erstaunt: »Ihre Mutter?«

Abermals sagte er: »Denken Sie, ich bin 'n Findelkind?«

»Denk' ich nicht. Sie sind entschuldigt.«

»Ehrlich gesagt, ich hätt's gerne, wenn's Ihnen 'n bißchen leid tun würde.«

»*Was* sollte mir leid tun? Daß Ihre Mutter gekommen ist?«

»Daß Sie nich mit mir essen gehen können.«

Er hörte sie leise lachen. »Sie haben ja nicht gesagt, daß Sie *nie* wieder mit mir essen gehen. Wir holen alles nach, Herr Liebling.«

»Fabelhaft, ich melde mich, sobald ich 'n bißchen Luft habe.«

»Okay.«

»Na, 'n bißchen ungeduldiger könnten Sie schon sein!«

Wieder lachte sie. »Sie machen mir Spaß! *Sie* sind ungeduldig, und *Ihnen* tut es leid! Ciao!«

Paula, neben ihrer Arbeit wie ein Luchs das kleine rote Lämpchen von Lieblings Leitung auf ihrem Vermittlungsapparat betrachtend, bemerkte, daß es erlosch, und drückte die Sprechtaste. »Ist Ihnen Herr Wittlitz jetzt angenehm?«
»Rein mit ihm.«
Mitte Zwanzig war der junge Mann, den Senta hineinließ. Offenes Gesicht und dunkles Jackett zu hellblauen Jeans.
»Schießen Sie los, ich bin ganz Ohr«, sagte Liebling.
»Vor etwa zehn Monaten verlor ich meinen Personalausweis. Vielleicht wurde er mir auch geklaut. Jedenfalls war er weg. Ich bin gleich aufs zuständige Revier gegangen, hab' den Verlust gemeldet und einen neuen bekommen. Monate später fragte eine Bank an, wann ich mit der Rückzahlung meines Kredits anfange.«
»Den Sie nie aufgenommen hatten.«
»Richtig. Und nicht lange danach kriege ich einen fast gleichlautenden Brief von einer anderen Bank. Im Klartext: Ich soll mir bei den beiden Banken je zwölftausend Mark geborgt haben. Und jetzt wollen die mir ans Leder.«
»Was haben Sie denen geantwortet?«
»Ich habe geschrieben, sie sollen mich mit dem Quatsch in Ruhe lassen, ich hätte keinen Kredit aufgenommen. Ich dachte, es könnte sich nur um einen Irrtum handeln. Nach der zweiten Mahnung bin ich zu den Filialen gegangen und habe erklärt, daß ich

keinen Kredit beantragt, kein Geld erhalten habe und deshalb auch keine ratenweise Rückzahlung leisten werde.«
»Die nächste Post kam dann vom Staatsanwalt«, sagte Liebling.
»Woher wissen Sie das?«
»Ich bin Hellseher. Erzählen Sie mal, was gegen Sie vorgebracht wird.«
»Ich soll bei beiden Banken je einen Kreditantrag über zwölftausend Mark unterschrieben und Lohnbescheinigung und Personalausweis vorgelegt haben. Und ich soll mich verpflichtet haben, ein halbes Jahr nach Auszahlung des Kredits mit der ratenweisen Rückzahlung zu beginnen.«
Liebling schaltete die Gegensprechanlage ein. »Paula, würden Sie mal Arnold hereinbitten?«
»Er ist zu Hause. Er fühlt sich mies.«
»Wie mies ich mich manchmal fühle, danach fragt hier keiner«, murmelte er und ließ den Knopf los.
»Sie wissen noch nicht alles«, sagte Wittlitz. »Die Verhandlung ist schon Mitte nächster Woche.«
»Wollen Sie mich veralbern?« Liebling wurde ärgerlich. »Wieso sind Sie dann nich früher gekommen?«
»Weil ich schon einen Anwalt hatte.«
»Und der hat niedergelegt?«
»Nein, er ist der Vater meiner Freundin. Gestern hab' ich mich mit einem Riesenkrach von ihr getrennt. Ich habe Angst, daß er mich in die Pfanne haut.«

»Das seh' ich nich so eng.«
»Ich hab' seiner Tochter ein paar geschmiert. Es soll Väter geben, die sehen das nicht so gern.«
Wenn einer wie der käme und Sarah ein paar feuern würde, überlegte Liebling, brachte den Gedanken jedoch nicht zu Ende. »Ich nehme an, daß er Sie umsonst verteidigt hätte. Was sind Sie von Beruf?«
»Student.«
»Auch das noch. Wissen Sie, daß ein Anwalt, der nich zur Familie gehört, Geld nimmt?«
»Muß die Gegenseite zahlen«, sagte Wittlitz bestimmt. »Oder denken Sie, ich bleche eine müde Mark dafür, daß irgendein Gauner mit meinem Ausweis die Banken ausräubert? Das glauben Sie doch nicht im Ernst!«
»Manchmal bring' Se eher 'n Blinden zum Sehen als 'n Staatsanwalt zur Einsicht«, dozierte Liebling und schob ihm die Vollmacht zur Unterschrift über den Schreibtisch. »Weiß der andere Anwalt schon, daß Sie ihm das Mandat entziehen?«
»Nein.«
»Wie heißt er?«
»Seidenholz.«
»Kenn' ich nich. Man kann nich alle 2700 Berliner Anwälte kennen. Schreiben Sie ihm noch heute.«

*

Giselmund Arnold lag auf dem Sofa im Wohnzimmer und litt still vor sich hin. Er hatte sich gründlich den Magen verdorben. Als Louise mit seiner Tochter

aus dem Kindergarten zurückkam, rappelte er sich auf und versuchte, fröhlicher Papi zu sein.
»Warum bist du denn nicht in eurer Kanzlei?« fragte Louise.
»Ich hab' mich nicht wohlgefühlt. Aber jetzt bin ich schon wieder gut drauf. Und wie ist es dir ergangen? Waren die Menschen nett zu dir?« Er nahm ihr Silvy ab und knuddelte das Mädchen.
»Unsere Nachbarin hat Ärger«, sagte Louise beiläufig. »Vielleicht könntest du ihr helfen.«
»Die Landgrün? Die ist doch Krankenschwester oder so was Ähnliches.«
»Jemand im Krankenhaus hat sie angezeigt, weil sie ein paar Schwesternkittel zum Waschen mit nach Hause genommen hat. Diebstahl, sagt der Staatsanwalt.«
»Und das erzählt die noch? Na, die hat Nerven. Wieso nimmt sie die Dinger mit? Krankenhäuser haben eine eigene Wäscherei.«
»Sie sagt, im Krankenhaus wird auch Wäsche von Verstorbenen gewaschen, und davor ekelt sie sich. Sie möchte nichts am Leibe tragen, was mit diesen Sachen in Berührung gekommen ist. Ich würde das auch nicht wollen.«
Er rollte seine Tochter über den Teppich. »Wieviel Kittel?«
»Weiß ich nicht. Kann sie dir ja selbst erzählen.«
»Bin ich nicht scharf drauf. Und wer hat die Dinger gefunden?«

»Die Polizei bei einer Durchsuchung. Ich hab' gar nicht gemerkt, daß die nebenan waren.«
»Louise – könntest du dich mit dem Gedanken vertraut machen, daß mich die Sache überhaupt nicht interessiert? Ich ahne schon, worauf das hinausläuft.«
»Siehst du, du bist gar nicht so dickfellig, wie ich anfangs dachte. Frau Landgrün kann sich vielleicht hin und wieder um Silvy kümmern.«
Das war schon kein zarter Wink mehr. Louise verband die Sache schlicht mit Eigennutz. »Sag ihr, sie soll im Büro anrufen und sich von Paula einen Termin geben lassen. Dann kann sie mir alles erzählen.«
Louise räumte im Zimmer geschäftig ein paar Sachen auf und stellte eine Likörflasche und Gläser in Griffnähe. »Quatsch! Im Büro! Tu mir den Gefallen und sprich hier mit ihr. Ist doch viel einfacher. Warum willst du das auf die lange Bank schieben? Du bist sowieso zu Hause.«
Er kapitulierte, und um des lieben Friedens willen – Louise stand schon auf den Sprung zur nachbarlichen Wohnungsklingel – erklärte er sich einverstanden, Frau Landgrüns Problem anzuhören.
Es verging keine Minute, da schleppte Louise die rundliche Nachbarin schon herein, eine nervöse, trostlose Tante von fünfzigjähriger Robustheit. Arnold fand sie zum Anbeißen.
»Das ist mein Mann«, stellte Louise vor, nahm ihre Tochter auf den Arm und verließ das Zimmer.

»Meine Frau hat mir in groben Zügen erzählt, worum es geht«, sagte Arnold. »Wie viele Kittel sind bei Ihnen gefunden worden?«
»Elf Stück«, entgegnete sie, als handele es sich um eine Lappalie.
Arnold schüttelte erstaunt den Kopf. »Was wollen Sie mit so vielen Kitteln? Sich bis an Ihr Lebensende eindecken?«
»Ich habe Ihrer Frau schon erklärt, daß die Kittel im Krankenhaus zusammen mit Leichenwäsche in einen Kessel kommen.«
»Ich könnte ja verstehen, wenn Sie einen Kittel mitgenommen hätten, um ihn zu Hause zu waschen. Auch zwei. Aber gleich ein knappes Dutzend?«
Sie sah ihn an, als habe er die Problematik nicht begriffen. »Wer wäscht denn *einen* Kittel? Ich wollte mir die Mühe nicht dauernd machen, sondern einen Vorrat haben. So ein Stapel frische Kittel sieht auch hübsch aus im Schrank.«
Er stellte sich den halbmeterhohen Kittelstapel vor, der im Wäscheschrank offenbar als Kunstwerk gehortet wurde. »Klingt sehr überzeugend.«
»Sie glauben mir nicht, was?«
»Ob *ich* Ihnen glaube, darauf kommt es nicht an. Es hat eine Durchsuchung bei Ihnen stattgefunden, sagt meine Frau.«
»Ja!« Empört wies sie in eine imaginäre Gegend. »Das muß man sich mal vorstellen! Da laufen haufenweise Mörder und Terroristen frei herum! Die

schnappt keiner! Aber bei einer harmlosen Krankenschwester machen sie Haussuchung.«
»Die Polizei hat alle Kittel mitgenommen?«
»So ist es.«
»Haben Sie ein Beschlagnahmeprotokoll?«
»Ja, drüben.«
»Ich würde es gern sehen«, bat er, »und bringen Sie auch die Anklageschrift mit.«
Frau Landgrün wieselte davon, Louise kam an die Tür und flüsterte: »Na, habt ihr euch geeinigt?«
Er ließ die Mundwinkel hängen. »Davon kann keine Rede sein – die ist nicht echt.«
»Ich weiß, du hast was gegen ältere Damen. Wenn das eine Zuckerpuppe von Lernschwester wäre...«
»Louise!«
»Giselmäuschen«, neckte Louise.
Frau Landgrün kam zurück und gab Arnold das Protokoll. »Hier ist der Wisch. Wenn die Geschichte nicht so ärgerlich wäre, könnte man direkt darüber lachen.«
Er las den ausgefüllten Vordruck und fand sein Vorurteil bestätigt. »Hieraus geht hervor, daß nicht nur elf Kittel bei Ihnen beschlagnahmt wurden...«
»Ja, ja, ich weiß. Noch irgendwelcher Kleinkram. Wo lange genug geschnüffelt wird, findet sich immer Unrat an.«
»Unrat? Hier steht: Acht Paar Gummihandschuhe, zwölf Einwegspritzen, vier Kopfkissenbezüge, vier Bettlaken, sieben Waschlappen...«

»Aber ich bitte Sie«, unterbrach sie seine Aufzählung. »Das sind doch Kleinigkeiten! Ich arbeite seit fast dreißig Jahren in diesem Krankenhaus. Schön, da kommt was zusammen, aber muß ich mir da alles vorrechnen lassen?«
»Ich kann Ihre Auffassung nicht recht teilen, Frau Landgrün. Offenbar sind das alles Gegenstände aus dem Besitz des Krankenhauses, die nichts in Ihrer Wohnung zu suchen haben. Und offenbar ist die Verwaltung so kleinlich, daß sie alles zurückhaben will. Sie sind deshalb angezeigt worden, und es könnte, wie ich das beurteile, zu einer Gerichtsverhandlung kommen. Sie müssen doch eine gescheite Erklärung dafür haben, warum diese Gegenstände bei Ihnen in der Wohnung gewesen sind. Die Begründung mit der Wäsche von Toten würde mir zur Not noch einleuchten, aber die Bettwäsche, fast ein Dutzend Paar Gummihandschuhe, ein Dutzend Einwegspritzen...«
»Du lieber Himmel«, empörte Frau Landgrün sich, »wie soll ich denn Rechenschaft über die vergangenen dreißig Jahre ablegen? Das findet sich halt an, verstehen Sie? Nein, das können Sie nicht verstehen, denn Sie haben noch nie in einem Krankenhaus gearbeitet.«
Er hob die Hand, um sie zu beschwichtigen. »Das hört sich gerade so an, als packe sich jeder der im Krankenhaus Beschäftigten immer mal was ein, ob er es nun gebrauchen kann oder nicht. Das machen

Sie mal dem Staatsanwalt Humpe klar, der Ihren Fall hat. Der spricht nämlich glatt von Diebstahl, wie Sie sicher gelesen haben. Der wird nicht verstehen wollen, daß Sie sich an einem Stapel frisch gewaschener und gebügelter weißer Kittel erfreuen.«

»Überall wird mal was mitgenommen!« sagte sie grob.

»Genau das ist das Problem, Frau Landgrün. In jedem Betrieb gibt es Angestellte, die diese ›Kleinigkeiten‹ mitnehmen. Bleistifte, Kugelschreiber, Radiergummi, Schreibpapier, Bürogeräte. Oder Bohrer, Feilen, Hämmer, Meißel, was weiß ich. Per saldo entsteht Behörden und privaten Unternehmen dadurch jährlich ein Schaden in Millionenhöhe.«

»Und ich soll dafür büßen, was? Die anderen kommen ungeschoren davon! Ich bin schließlich keine Diebin. Das bißchen Zeug – das merkt doch keiner, das verkraftet ein Krankenhaus mit links, das gehört zum Verschleiß, zum Schwund, oder wie's auch immer heißen mag!«

*

Aus Lieblings Küche zogen appetitliche Duftwolken durch die Wohnung. Seine Mutter stand am Elektroherd und kochte auf vier Platten. Jeden Tag nach einem ganz bestimmten Plan Roberts Leibgerichte, die sich innerhalb einer Woche wiederholten, auch wenn er sich längst übergessen hatte. Kalbsleber mit Äpfeln, Zwiebeln und Kartoffelpüree zum Beispiel, er konnte es nicht mehr sehen. Oder Kaßler mit Sau-

erkraut und Speckknödeln, das haßte er. Auf Elfriede Lieblings Verwöhnplan stand das noch, denn er hatte es als Schuljunge heißhungrig verschlungen, und das vergißt eine Mutter nicht.
Ganz klar, daß er darüber kein Wort verlor und tapfer mampfte, so oft sie es auch auf den Tisch brachte. Und als er die Wohnungstür aufschloß, merkte er allein am Geruch, daß es Mittwoch sein mußte. Gulasch, ein Pfund Schwein, ein Pfund Rind, ein Pfund Zwiebeln. Und dazu Makkaroni.
»Krieg keinen Schreck, ich bin's«, rief er. »Das duftet ja wie im Eßhimmel.« Er wußte, daß sie das gerne hörte. »So gut hat's in dieser Wohnung lange nich mehr gerochen.«
Wie eine Norne hob sie den Holzlöffel, mit dem sie das Gulasch rührte. »Weil niemand dich bekocht.«
Er trat an den Herd, lüpfte einen Deckel und bekam einen Schlag auf die Hand. Der Deckel klapperte auf den Topf zurück. »Papa hat auch immer in die Töpfe geguckt! Setz dich hin und warte, bis alles fertig ist!«
Folgsam setzte er sich an den Tisch und kam sich vor, als sei er eben von der Penne nach Hause gekommen. Und er wußte, daß sie gleich fragen würde, was er erlebt...
»Na, Jungchen, wie war's heute?«
»Alles in Ordnung«, antwortete er. »In Mathe hab' ich 'ne Zwei geschrieben, aber Dr. Schmeier sagte, er will dich mal sprechen, weil mein Französisch nich gut is.«

»Man soll eine alte Frau nich auf den Arm nehmen, Robert«, tadelte sie, schmeckte das Gulasch ab, goß die Makkaroni ins Sieb, das im Ausguß stand. »Weißt du, Jungchen, wenn ich noch in Berlin wohnen würde, hätte ich dir längst eine Frau besorgt. Dann würdest du nich so verhungert aussehen, darauf kannst du dich verlassen.«

Er sah an sich hinunter und betrachtete seinen Bauch. Verhungert? »Da muß ich ja froh sein, daß du *nich* in Berlin wohnst.«

Sie ließ die Töpfe einen Augenblick allein und hockte sich auf die Kante des anderen Stuhls. »Du redest nur deshalb so, weil du keine andere Ehe kennst als deine geschiedene. Die Frau, die *ich* dir aussuchen würde, wäre nich wieder so ein Drachen, das sag' ich dir.«

Robert blickte kurz zur Tür. »Mama, würdest du dich bitte zurückhalten.«

»Ich denke gar nich daran! Daß wir diese Dame los sind, ist weiß Gott ein Geschenk des Himmels. Aber daß sie für alle Zeiten dein Verhältnis zu Frauen zerstört hat, das werde ich ihr nie vergessen. Erika hat dich nie verstanden, und du hast nie auf mich gehört. Ich habe immer gesagt: Jungchen, das ist keine Frau für dich! Kannst du dich erinnern?«

Er konnte sich erinnern, zumal seine Mutter dieses wundervoll ergiebige Thema bei all ihren Besuchen strapazierte. Sonst prallte das an ihm ab, aber heute war es ihm peinlich. Draußen im Korridor wartete

nämlich Sarah – als Überraschung für die liebe Oma.
Robert machte einen Schmollmund. »Na schön, dann war das eben doch keine so gute Idee.«
»Von was redest du?«
»Komm rein, Sarah!« rief er.
Was Sarah eben gehört hatte, stimmte sie nicht gerade närrisch vor Freude. Ihren Begrüßungsstrauß hielt sie erst mal vor ihr Gesicht, um ein glaubwürdiges Lächeln zu üben. »Tag, Oma...«
Elfriede Liebling war auch erschrocken. »Mein Gott, warum läßt du mich so reden, Jungchen, wenn du weißt, daß das Kind draußen steht.«
»Kann ich ahnen, was du auf der Pfanne hast?«
»Ja, so was ahnt man. Papa hat mir auch immer an der Nasenspitze angesehen, was ich auf dem Herzen hatte.« Sie umarmte und küßte Sarah, und die verzog die Nase, weil sie Uralt Lavendel nicht ausstehen konnte. »Sarah-Liebchen, wie geht es dir? Hör nich auf mein Gegacker. Alte Weiber reden oft gehässiges Zeug, wenn es um ihre Schwiegertöchter geht. Nimm das nich schwer.«
»Ja, Oma.«
»Die Blumen sind todsicher für mich.«
»Ja, Oma.«
»Hast du eine Vase, Jungchen?«
»Im Wohnzimmer.« Er schob den Küchenstuhl zurück und erhob sich. »Ich hol' dir eine.«
Sie hatte was dagegen, daß ihr hungriger Sohn sich

für sie plagte. »Laß man, ich geh' schon. Ich finde mich zurecht.«
Er verpaßte seiner Tochter einen höfischen Handkuß, dachte an so luxuriöse und frisch gebadete Erscheinungen wie Anna, Dodo und andere Dessousträgerinnen und schüttelte männlich jeden kleinlichen Verdacht von sich ab. »Stimmt natürlich nich, daß deine Mutter für alle Zeiten mein Verhältnis zu Frauen zerstört hat.«
»Da fällt mir aber 'n Stein vom Herzen!« sagte Sarah und blinzelte zu ihrem Vater hoch, als hätte sie ihn vorher für einen Scheintoten gehalten.
»Glotz mich nich so an«, verlangte er, »du ruinierst dir deine Augen!«
»Essen!« rief Oma.

*

Mit einem Kännchen Kaffee und einem großen Stück Torte auf dem Plastiktablett suchte Rosemarie Monk in der Gerichtskantine nach einem Platz, wo ihr niemand beim Vernaschen der Kalorienbombe zuguckte. An dem einzigen ihr genehmen Tisch saß Giselmund Arnold, süffelte appetitlos an einem Glas Beuteltee und studierte Akten.
Sie steuerte auf ihn zu mit der Absicht, sich wenigstens gesprächsweise dem vermißten Robert Liebling zu nähern. »Darf ich mich zu Ihnen setzen?«
Er blickte auf, erkannte sie und machte eine einladende Handbewegung. »Ich bitte darum.«
Er blätterte in seinen Akten, und sie aß schweigend.

Er dachte, daß sie ihn bestimmt nach Liebling fragen würde, und sie überlegte, wie sie sich bei ihm am harmlosesten nach Liebling erkundigen konnte. Er hatte die paar Seiten der Sache Landgrün fertiggelesen, tat jedoch so, als beschäftige er sich intensiv nicht mit einer klauenden Krankenschwester, sondern mit einer hochinteressanten Unterschlagung, bei der Millionen auf dem Spiel standen und das Honorar entsprechend hoch war.
Sie bohrte den Löffel mit klinischer Akkuratesse in die leckere Schwarzwälder Kirschensahne. »Ihren Herrn Liebling bekommt man ja kaum noch zu Gesicht.«
Er war froh, daß der Stein endlich ins Rollen kam, doch Reiz konnte er dem Thema nicht abgewinnen. »Ich sehe ihn kaum.«
»Hat er – so viel Arbeit?«
Fand er spannend. Nicht die Frage, sondern die Pause in dem kurzen Satz. Sie wollte ihn aushorchen, ganz klar. Aber warum hängte sie sich nicht ans Telefon? Warum fragte sie ihn? »Seine Mutter ist gekommen. Die nimmt ihn wohl etwas stark in Anspruch.«
Sie blickte den Happen auf dem Löffel gründlich an. »Weiß man schon, wie lange sie bleibt?«
Arnold wagte keine Prognose, sondern machte eine vage Handbewegung. »Das ahnt nicht einmal er, denke ich.«
Sie machte ein besonders freundliches Gesicht, was

jedoch auch von dem vorzüglichen Tortengeschmack herrühren konnte. »Für Sie muß das besonders hart sein.«
»Wieso?«
»Er wird sicher eine Menge Arbeit auf Sie abwälzen.«
»Machen Sie sich keine Sorgen um mich. Ich kann auch zurückwälzen, wenn es sein muß.«
Rosemarie Monk näherte sich wieder ihrem Hauptanliegen. »Hat er Ihnen die alte Dame schon vorgestellt?«
Arnold wunderte sich über ihre Hartnäckigkeit und blätterte wichtig in den paar Seiten, die vor ihm lagen. »Ich hatte noch nicht das Vergnügen.«
»Am Ende will sie zu ihrem Sohn ziehen...«
Was für eine Frage? dachte er. Warum beißt sie sich nicht auf die Zunge, ehe sie zugibt, wie weit sie schon denkt. Wer bin ich denn? Ihr Beichtvater?
»Das glaube ich nicht. Dafür ist er zu heiter.«
Sie lachte befreit.
Zum x-ten Mal las er die Passage von den elf weißen Kitteln, den zwölf Einwegspritzen, den originalverpackten Gummihandschuhen, den Waschlappen und der Bettwäsche. Sie zerlegte den Tortenboden in mundgerechte Stückchen und dachte, daß nun er etwas über den gemeinsamen Liebling sagen könnte.
»Kennen Sie einen Staatsanwalt Humpe?« fragte er und schwor sich, keine Lieblings-Fragen mehr zuzulassen.

Sie hatte sich darauf eingestellt, en passant etwas von Lieblings Tagesablauf zu erfahren, und antwortete enttäuscht: »Nur flüchtig. Bekommen Sie mit ihm zu tun?«

»Ich treffe ihn nachher. Ich habe hier eine Sache, die er zur Anklage bringen will. Muß ein ziemlich scharfer Bursche sein.«

»Dazu kann ich nichts sagen, mich hat er noch nicht angeklagt.« Sie merkte an seinem Gesicht, daß das ein mißlungener Scherz geworden war, und schob wieder ein Stück Tortenboden ein.

So blöde die »Sache Landgrün« auch war, er machte sie zum Hauptgespräch. »Ich vertrete eine ältere Krankenschwester. Wegen einiger Kittel und Gummihandschuhe hat er eine Hausdurchsuchung bei ihr machen lassen. Finden Sie das in Ordnung?«

»Wurden die Sachen bei ihr gefunden?«

»Ja.«

»Dann war es doch erfolgreich.«

»Könnte es sein, daß Sie jetzt die Krähe sein wollen, die der anderen die Augen nicht aushackt?«

»Das ist auch so ein überstrapazierter Spruch«, sagte sie wegwerfend. »In unseren Berufssparten erscheint mir Shakespeare passender: ›Die Krähe singt so lieblich wie die Lerche – wenn man auf keine lauscht‹.«

»Aber der Aufwand steht in keinem Verhältnis zum Ergebnis, Frau Dr. Monk. Da wird ein Riesenapparat in Bewegung gesetzt, um jemandem nachzuweisen,

daß er sich Sachen im Gegenwert von rund zweihundert Mark angeeignet hat.«
»Ich bitte Sie! Das kann der ermittelnde Staatsanwalt nicht vorher wissen. Es hätte ja auch Diebesgut im Wert von zweitausend oder zwanzigtausend Mark sein können.«
»Trotzdem halte ich den Aufwand in dieser Sache für nicht gerechtfertigt.«
»Seien Sie doch nicht so furchtbar ernsthaft. Humpe wird Ihnen den Fall mit Sicherheit bis ins Kleinste erläutern.«
»Im Vorfeld einer strittigen Sache sollten Vereinbarungen getroffen werden, mit denen beide Parteien leben können. Hier werden doch nur Kosten produziert. Haussuchung ist ein ziemlich schweres Geschütz. Und wenn man es bei jedem Dreck abfeuert, dann verlieren die eigenen vier Wände blitzschnell an Wert.«
»Sehen Sie mich nicht so an, als hätte *ich* diese Durchsuchung angeordnet. Und ich bin auch nicht dafür, daß aussichtslose Prozesse in Gang gesetzt werden, und ich möchte auch nicht, daß Anwälte zu Streithelfern degradiert werden.«
Arnold lächelte dünn. »Okay, dann darf ich Herrn Liebling ausrichten, daß Sie in hervorragender Weise dazu beitragen, daß Berufsbild des Staatsanwalts in angenehmem Licht erscheinen zu lassen.«
Eine unergiebige Ausforschung, stellte sie enttäuscht fest, und außerdem nimmt er mich auf den

Arm. Statt das von ihr erwünschte Thema »Robert Liebling« rundum bis zum Geht-nicht-mehr auszuloten, war er auf eine labbrige Krankenschwester ausgewichen.

*

Staatsanwalt Humpe hatte in seinen vierzig Dienstjahren immer kleine, unergiebige Fälle auf den Tisch bekommen. Mundraub, Taschen- und Fahrraddiebstahl, kleine Betrügereien, Aufbrüche von Zigarettenautomaten – in der Preislage. Mangelnde Arbeitswut ersetzte Humpe durch Disziplin vom Scheitel bis zu den Hacken. Einziger privater Lapsus im Dienstbereich: Auf einem alten Schreibpult stand ein Käfig mit einem Kanarienweibchen. Das sang nicht, denn Vogelgezwitscher störte den Justizbetrieb.
Samstags und vor Feiertagen, Himmelfahrt zum Beispiel, wenn der Vogel seiner Betreuung entraten mußte, zwitscherte Humpe zum Abschied wohlklingend vor dem Käfig: »Piü, piü, piü, piü!«
Das Kanarienweibchen zeigte sich unbeeindruckt, sei es, daß es die Sprache nicht verstand, sei es, daß Humpe nur den Ruf der Nachtigall beherrschte.
»Ich habe in den Akten etwas gefunden, das Sie mir erklären müssen«, sagte Arnold.
Humpes Stimme ließ die Süße des Nachtigallgesanges vermissen. »Ob ich das muß, wird sich herausstellen.«
Arnold winkte mit dem Schnellhefter. »Sie schreiben in Ihrer Anklageschrift, daß schon vor sieben Jahren

einmal ein Verfahren wegen Diebstahl gegen meine Mandantin eingeleitet wurde.«
»Ich kenne die Akten«, sagte Humpe überlegen.
»Warum erwähnen Sie dieses alte Verfahren?«
»Warum hätte ich es nicht tun sollen? Es rundet den Eindruck ab.«
»Fragt sich, wessen Eindruck abgerundet wird. Das Verfahren wurde wegen Mangel an Beweisen eingestellt. Sie führen es nur an, um darauf hinzudeuten, daß Frau Landgrün nicht zum erstenmal mit Diebstahl zu tun hat. Gleichzeitig geben Sie zu verstehen, daß die Staatsanwaltschaft damals auf dem Holzweg gewesen ist. Soll heißen, was von diesem früheren Verfahren zählt, ist nicht so sehr der Umstand, daß es eingeleitet, sondern daß es vergeblich eingeleitet wurde!«
Unwirsch erhob sich Humpe und bot den Eindruck eines Mannes, der etwas ganz Bestimmtes vorgehabt hatte, sich jedoch nicht mehr entsinnen konnte. »Wären Sie bitte so freundlich, mir zu sagen, zu welchem Zweck Sie gekommen sind. Um mich zu unterweisen?« Aus der Schreibtischlade nahm er eine Sesamdolde und hielt sie durch das dünne Drahtgitter seinem Kanarienvogel hin. Für beide, Humpe und Piepmatz, schien der Tagesablauf wieder im Lot zu sein.
»Ich bin hier, um mit Ihnen über die Einstellung des Verfahrens zu sprechen«, sagte Arnold.
»Ein aussichtsloses Unterfangen.«

»Das leuchtet mir nicht ein, Herr Staatsanwalt! Frau Landgrün ist nicht vorbestraft, der entstandene Schaden war gering, zumal die Sachen, die sie bei sich zu Hause gehortet hatte, dem Krankenhaus zurückerstattet wurden, und sie ist geständig. Und es besteht keine Notwendigkeit einer Resozialisierung. Sie ist seit dreißig Jahren Krankenschwester, und sie wird das bis zu ihrer Rente auch bleiben.«
Säuerlich sagte Humpe, wobei er die Sesamdolde in der Geschwindigkeit des Abpickens nachschob: »Wie können Sie behaupten, daß diese Frau geständig ist? Nachdem die Polizei das ganze Zeug bei ihr gefunden hat, konnte sie schlecht abstreiten, es genommen zu haben. Und da erfindet sie diese lächerliche Geschichte von ihrem Ekel und der Leichenwäsche. Was haben die Spritzen, die Gummihandschuhe, die Bettwäsche mit den Leichenhemden zu tun, frage ich Sie! Ich muß das doch nicht extra erläutern!«
»Diese Aussage halte ich auch nicht für glücklich«, gab Arnold zu. »Trotzdem ist das immer noch kein Grund, dieses Bagatellverfahren bis zum Ende durchzuziehen.«
»Sie werden sich wundern, welche Strafe der Richter Ihrer Mandantin für die ›Bagatelle‹ aufbrummt!«
Arnold blickte auf den fleißig pickenden Vogel. »Was sind Sie doch für ein diensteifriger Staatsanwalt. Und das schon seit so vielen Jahren.«
Humpe überhörte die giftige Bemerkung. »Es gibt

nur einen einzigen Grund für eine Einstellung, und den haben Sie bei Ihrer Aufzählung vergessen.«
Das überraschte Arnold. »Und zwar?«
»Daß die Gerichte so überlastet sind, daß sie nicht wissen, wohin mit solchen Fällen. Deshalb bin ich etwas geneigter, Ihren Vorschlag zu erörtern.«
»Was bedeutet das? Wollen Sie nun einstellen oder nicht?«
»Gegen Zahlung einer Geldbuße, wie sie bei Durchführung des Verfahrens zu erwarten wäre.«
»Wie hoch sollte die sein Ihrer Meinung nach?«
»Zweitausend Mark.«
»Sie machen Witze. Die Frau ist eine einfache Stationsschwester. Wissen Sie, was Krankenschwestern verdienen?«
»Im Alter von Frau Landgrün und nach dreißig Dienstjahren? Zweitausendfünfhundert Mark, schätze ich.«
Der Kanarienvogel war satt. Arnold auch.

*

Weil die Zeit drängte, erledigte Robert Liebling zwei Blitzbesuche. Zuerst war er bei dem Kollegen Werner Seidenholz, der anfangs den jungen Wittlitz, den Exfreund seiner Tochter, verteidigen sollte. »Ich würde nich selber kommen, wenn's nich so eilig wäre. Nächste Woche wird schon verhandelt. Hätten Sie denn die Sache gern behalten?«
»Ich hätte den Fall genauso gut oder so schlecht zu Ende geführt wie jeder andere auch. Ich mochte den

jungen Mann ganz gern. Und, unter uns, Herr Kollege, an seiner Stelle hätte ich meine Tochter schon lange verlassen, aber er hätte beim Abschied nicht so grob zu sein brauchen. Er hat ihr links und rechts ein paar geklebt.«
»Das verbindet. Soll ich mit ihm reden, daß er zu Ihnen zurückkommt?«
»Unsinn. Er will es so, also soll es so bleiben. Ich suche Ihnen jetzt die Unterlagen raus – da gibt es ein Gutachten von einem Schriftsachverständigen, das ich für sehr schludrig halte. Wenn man das in der Verhandlung kaputtmachen kann, steht die Anklage dumm da.«
»Wär's sinnvoll, ein zweites Gutachten zu erstellen?«
»Man kann, man kann's auch lassen. Das vorliegende Gutachten ist so schlapp, daß Sie allein damit fertig werden. Aber an Ihrer Stelle würde ich vor der Verhandlung etwas anderes klären: Die haben nur einen der beiden Sachbearbeiter von den beiden Banken als Zeugen geladen. Der andere, von der zweiten Bank, arbeitet nicht mehr dort, und die Staatsanwaltschaft hat ihn nicht gesucht. Oder sie läßt ihn weg, weil sie glaubt, ihrer Sache sicher zu sein. Laden Sie ihn als Zeugen. Seine Adresse steht in den Akten.«
Lieblings zweiter Besuch galt Professor Wiesenbach, dem Doyen der Schriftsachverständigen. Sein Arbeitszimmer war übersät von Bücherstapeln, die in

den Wandregalen keinen Platz mehr gefunden hatten. Auf der einzig freien Stelle im Raum stand ein Hometrainer, und auf dem saß der korpulente Professor und strampelte gegen seinen Bauchspeck an.
»Setzen Sie sich irgendwohin«, rief er Liebling keuchend zu. »Ich darf jetzt nicht aufhören. Es ist die einzige halbe Stunde am Tag, wo ich dazu komme. Zehn nach vier muß ich zu einer Vorlesung. Sagen Sie mir schnell, was anliegt.«
»Es handelt sich um eine verdammt eilige Geschichte«, sagte Liebling und setzte sich auf eine Bücherkiste.
»Bei Ihnen eilt es immer! Weiß ich noch, ist jetzt sechs oder sieben Jahre her, als wir miteinander zu tun hatten. Haben wir damals gewonnen?«
»Ja, dank Ihrem Gutachten. Jetzt vertrete ich einen jungen Mann, der bei zwei Banken...«
»Das brauchen Sie mir gar nicht zu erzählen«, unterbrach Wiesenbach schnaufend. »Früher hätte mich so was interessiert. Heute nicht mehr. Sie wollen doch von mir eine Meinung darüber einholen, ob zwei oder mehrere Schriften denselben Urheber haben.«
»Richtig.«
»Um mir meine Meinung zu bilden, brauche ich keine Informationen, sondern nur die Schriftproben.«
Liebling zog ein handbeschriebenes Blatt aus der Mappe und hielt es Wiesenbach hin. »Das hat mein

Mandant in meiner Gegenwart geschrieben. Und das hier«, er holte zwei andere Bogen hervor, »sind die beiden Kreditanträge, die mein Mandant unterschrieben haben *soll*.«

»Das sind Kopien. Damit kann ich nicht viel anfangen. Ich muß zum Vergleichen und für Detailfotos die Originale haben.«

»Morgen früh geh' ich zum Gericht und hol' die. Es liegt schon ein Gutachten vor. Von Hauser. Kennen Sie den?«

Wiesenbach kannte ihn nicht, und Liebling sagte: »Sie werden schon nich zum selben Ergebnis kommen.«

Wiesenbach radelte anscheinend bergauf, so ermattet blies er Luft aus. »Wollen Sie mich beeinflussen?«

»Gott behüte, Professor! Schließlich is 'n Gericht nich in erster Linie dazu da, den Schuldeneintreiber für Banken zu spielen.«

Wiesenbach hörte mit seinem Strampeln auf und wischte mit einem roten Frotteetuch den Schweiß von der Stirn. »Behauptet das denn jemand?«

»Ja – ich.«

*

Frau Landgrün hatte ihr graues Haar zum Dutt hochgesteckt. Die Frisur gab ihrem Aussehen keine vorteilhafte Nuance, denn nun waren die abstehenden Ohren nicht mehr verdeckt. Arnold stellte sich als Krönung ihres Kopfes ein weißes Schwesternhäub-

chen vor – war Ilse Landgrün vom Krankenhaus geduldet, weil sie Simulanten Angst einjagte?
»In den Gerichtsakten habe ich etwas gefunden, das mich überrascht, Frau Landgrün.«
Sie schaute neugierig. »Zu meinen Gunsten?«
»Ganz im Gegenteil! Vor einigen Jahren war gegen Sie schon einmal ein Verfahren wegen Diebstahls anhängig.«
Das fand sie lästig. »Aber das ist doch eingestellt worden.«
»Trotzdem hätte ich das lieber von Ihnen erfahren als aus den Akten und vom Staatsanwalt.«
Nun raffte sie sich zum Galgenhumor auf. »Beim nächstenmal denk' ich dran.«
»Frau Landgrün«, sagte Arnold scharf, »ich bitte Sie, wirklich ernsthaft zu bleiben! Auch das laufende Verfahren kann eingestellt werden. Der zuständige Staatsanwalt ist einverstanden. Der Richter muß noch zustimmen, woran ich nicht zweifle. Und Sie müssen natürlich auch einverstanden sein.«
Eigenartigerweise behielt sie noch immer ihren leicht arroganten Tonfall bei, diese Überheblichkeit, die offenbar in den vielen Jahren beim Umgang mit Kranken entstanden war. »Warum sollte ich denn *nicht* zustimmen? Es ist ja ein Wunder, daß ich überhaupt gefragt werde.«
Arnold sammelte sich einen Augenblick lang. »Es wird nicht ganz billig für Sie werden. Sie müßten eine hohe Geldbuße zahlen. Etwa zweitausend Mark.«

Das ging ihr an die Nieren. »Nein!«
»Doch! Ich weiß, das ist allerhand Geld. Ich fürchte jedoch, sie kommen nicht drum herum. Wie ich die Dinge sehe, hätten sie keine Chance, in einer Verhandlung billiger davonzukommen. Wahrscheinlich würde es sogar teurer werden. Und Sie wären dann auch vorbestraft.«
»Jetzt nicht?« fragte sie hoffnungsvoll, und sie bekam schon wieder Oberwasser.
»Nein. Eine Buße ist keine Strafe. Ich rate Ihnen, den Vorschlag anzunehmen.«
»Wissen Sie, was gestern im Krankenhaus passiert ist? Ich will für einen Patienten, der nicht aufstehen darf, eine Bettpfanne holen, da finde ich einen Zettel im Schrank.« Sie sprach in einer Weise, als sei ihr bitteres Unrecht geschehen.
»Ja? Was stand drauf?«
Empört sagte sie: »Eine ganz heimtückische Beschimpfung. ›Ilse Landgrün, die Nachttöpfe sind abgezählt.‹«
Er drehte schnell den Kopf zur Seite, weil er mit einer Lachgrimasse kämpfte. »Das muß Ihnen doch sehr peinlich gewesen sein.«
»Weiß Gott. Diese jungen Dinger, die Schwesternschülerinnen, grinsen und tuscheln hinter mir her! Es ist ein Skandal, was man sich bieten lassen muß!«
»Das wird sich schon wieder legen, Frau Landgrün. Das müssen Sie nun mal durchstehen, schuldlos an

der entstandenen Situation sind Sie nicht. Und bitte bedenken Sie eines: Sie haben Ihren Job nicht verloren. Die Krankenhausverwaltung stuft Ihre Kenntnisse offenbar höher ein als Ihre Fehler. Unterschätzen Sie das nicht, und mißbrauchen Sie diese Chance nicht.«

»Diese verdammten Einwegspritzen und die Gummihandschuhe!« schimpfte sie plötzlich, ohne sich allerdings anzuklagen. »Dabei brauch' ich diesen Scheiß überhaupt nicht. Die haben bloß bei mir rumgelegen. Wenn ich das Zeug wenigstens verkauft hätte.«

»An so etwas sollten Sie nicht mal denken.«

Auf einmal sorgte sie sich um ihren guten Leumund. »Werden Sie auch nichts bei uns im Haus herumerzählen?«

»Ich bestimmt nicht, Frau Landgrün. Ich hoffe aber zu Ihren Gunsten, daß Sie sich bremsen können. Denn wenn ich mir vergegenwärtige, wie Sie sich bisher über die Sache geäußert haben – Sie sind noch immer viel zu unbesonnen.«

*

Paula Fink schrieb zwar flott, aber ohne Verständnis in die Maschine: »In Ansehung der Befriedigung aus dem zurückbehaltenen Gegenstand gilt zugunsten des Gläubigers der Schuldner, sofern er bei dem Besitzerwerbe des Gläubigers der Eigentümer des Gegenstandes war, auch weiter als Eigentümer, sofern nicht der Gläubiger weiß, daß der Schuldner nicht mehr Eigentümer ist.«

Sie drückte auf die Gegensprechanlage.
»Paula?« fragte Liebling zurück.
»Ist das eigentlich korrekte deutsche Schriftsprache, was Sie mir in dem Brief an Petersen und Söhne diktiert haben, Chef?«
»Was meinen Sie speziell?«
»Die Sache mit dem befriedigten Gegenstand des Eigentümers...«
»Und was gefällt Ihnen daran nicht?«
»Da bekommt man doch einen Gehirnkrampf beim Lesen.«
»Gesetze sind nich von Leuten verfaßt worden, die Romane schreiben. Bei Petersen geht's um den Paragraphen 372 HGB, also Handelsgesetzbuch. An sich is das ganz logisch...«
»Für Sie vielleicht, Chef.«
Liebling wechselte das Thema. »Paula?«
»Ja, Chef?«
»Schicken Sie mir noch mal Senta rein.«
Paula ließ den Sprechknopf los und blickte zu Senta am gegenüberstehenden Schreibtisch. Die bewegte unter dem Eindruck der Walkman-Musik ihre Schultern, als verspürte sie erste Anzeichen von Sonnenbrand. Paula rief gar nicht erst, sie pfiff gleich. Aber auch dieser schrille Laut schien genau in Sentas Geräuschkulisse zu passen. Deshalb griff Paula zu schulmäßigen Kampfmethoden zurück. Sie drehte einen Fetzen Papier zu einer kleinen Rolle, knickte sie in der Mitte und schoß sie mit einem zwischen

Daumen und Zeigefinger gespannten Gummiring an den halbrunden Aufdruck von Sentas T-Shirt »Mach mich an«.

Senta riß den Kopfhörer ab und fauchte unwillig: »Wat is denn?«

»Du sollst mal zum Chef reinkommen.«

»Wat willer?«

»Wird er dir schon sagen.«

Lustlos trottete sie zum Chefbüro. »Wetten, daß er mir bloß Pudding koofen schickt?«

Liebling saß auf dem alten Sofa, einer seiner Schuhe stand unter dem Schreibtisch, der andere hinter der Tür.

»Wat issen?« fragte Senta.

»Ich hab 'ne Bitte.«

»Sprechen Se sich ruhich aus.«

»Meine Mutter is hier...«

»Weeß ick.«

»Sie möchte, bitte schön, in die Philharmonie gehen.«

»Und wat hat det mit mir zu tun?« fragte Senta desinteressiert. »Soll ick etwa mit?«

»Nee! Ich habe zwei Karten bestellt, und die müssen abgeholt werden.«

»Da schnallste ab! Und dafür soll ick jetzt uff die Piste?«

»Genau so hab' ich mir das vorgestellt«, bestätigte er ihren Verdacht. »Ich dachte, ich schaff's selber, aber das war 'ne Fehlspekulation.«

»Sie brauchen sich nich zu entschuldigen. Sie sind der Boß. Zwee Karten uff den Namen Liebling?«
»Richtig getippt!«
Senta gaffte wie ein ausgesetzter Pudel. »Brauch' ick 'n Kompaß, wa? Wo is 'n det überhaupt?«
Liebling spürte, daß ihm in der nächsten Minute der Kragen platzen würde. »Senta – draußen haben wir alle Hilfsmittel, damit man sich in dieser Stadt zurechtfindet: Telefonbuch und Stadtplan. Noch 'ne Frage?«
»Klar! Wat is mit Knete?«
Er zog seine Brieftasche und gab ihr einen Hunderter.

*

Das Wetter war erstklassig für Schüler, Rentner und unständig Beschäftigte. Für acht- bis zehnstündig eingespannte Arbeitnehmer wie Rosemarie Monk war die Sonne außerhalb des Urlaubs nur ein lichtspendender Planet. In einer Verhandlungspause flitzte sie vom Gericht über die Rathenowerstraße in den Park, ließ sich pustend auf eine Bank sinken, schloß die Augen und genoß die paar Sonnenstrahlen, die da zu erwischen waren.
Diese Entspannung war nur vorgegeben. Sie blinzelte manchmal, das heißt fortwährend, ob nun nicht bald dieser Mensch auftauchte, der versprochen hatte, in dieser Mittagspause weiter nichts zu sein als Robert Liebling.
Das Blinzeln machte sich bezahlt. Er kam. Im Laufen

schlabberte er aus einem Puddingbecher Götterspeise. Sie winkte, um auf sich aufmerksam zu machen, was seiner Naschhaftigkeit keinen Einhalt gebot.
Er erreichte die Bank und setzte sich. »Tag! Warten Sie schon lange?«
»Eben angekommen. Das sehen Sie doch – ich bin noch gar nicht braungebrannt.«
Er griff in die Tasche und hielt ihr einen zweiten Puddingbecher hin. »Möchten Sie?«
»Bitte nein.«
Dankbar nahm er das zur Kenntnis. Er warf seinen leeren Becher in den Papierkorb neben der Bank und riß die Stanniolfolie von der zweiten Portion.
»Ist etwas nicht in Ordnung?« erkundigte sie sich.
»Alles okay. Wann geht Ihre Verhandlung weiter?«
»Um zwei. Und Ihre?«
»Halb drei.«
»Irgendwas stimmt doch nicht mit Ihnen«, beharrte sie.
»Woran merken Sie das?«
»Woran soll ich das schon merken? Sie haben eine Mistlaune. Nicht zu übersehen.«
»Da is was dran«, gab er zu. »Aber nich, weil Sie hier sind.«
»Was ist denn los?«
»Ach – da kommt 'ne Menge zusammen. Die Verhandlung, in der ich bin, ist stinklangweilig.«
Sie betrachtete sein Gesicht intensiv, als könne sie

dort den Verlauf seines Prozesses ablesen. »Gehen Sie baden?«
»Nee, glaube ich nun wiederum nicht. Meinem Mandanten wird vorgeworfen, zwei Banken mit falschen Papieren betrogen zu haben. Aber ich hab 'n hieb- und stichfestes Schriftgutachten. Er war's nich. Nee, Rosemarie, das is mehr allgemein, verstehen Sie? Ich habe zu viel zu tun. Seit Arnold da is, habe ich Hemmungen, Däumchen zu drehen. Der bringt wirklich 'ne Menge vom Tisch, und da fühle ich mich auch aufgerufen. Als er damals kam, dachte ich, jetzt läßt du das richtig ruhig angehen. Ziehst 'n paar notarielle Nummern ab und läßt ihn alles andere machen.«
»Freuen Sie sich doch. Überall jammern die Anwälte, daß nichts mehr für sie drin ist.«
»Davon träume ich. Und dann meine Mutter. Verstehn Sie das nich falsch. Ich bin 'n guter Sohn, und ich hab' sie schrecklich lieb, aber sie kostet eben auch verdammt viel Zeit. Seit zehn Tagen belegt sie mich mit Beschlag. Ich muß Sachen machen, die ich sonst nich tun würde.« In hektischer Manier zählte er auf: »Ich muß in die Philharmonie gehen und auf 'ne Musik lauschen, die ich nich richtig leiden kann, ins Charlottenburger Schloß, auf'n Funkturm, mit'm Haveldampfer fahren, in die ›Komödie‹ am Kudamm, ins Hebbeltheater, auf'n Teufelsberg, auf die Pfaueninsel, nach Schildhorn, zum Olympia-Stadion, und, und, und.«
»Dazu wären Sie sonst nie gekommen.«

»Sag' ich ja! Schaff' ich's, mich abends mit Ihnen zu treffen? Nee! Kann ich mit Ihnen essen gehen? Nee! Ja, hier in der Mittagspause wie zwei Pennäler, aber was bringt's? Und das alles zusammen nervt mich eben.«

»Es kommen auch wieder bessere Zeiten«, tröstete sie ihn.

»Klar, die kommen. Aber wann reist Elfriede Liebling wieder ab?«

»Hat Ihre Mutter keinen Termin genannt?«

Er tastete seine Taschen ab. »Doch, doch! Aber den hat sie verstreichen lassen. Berlin is so schön, sagt sie.«

»Suchen Sie was?« fragte sie.

Er hörte nicht auf mit der vergeblichen Ausforschung seiner Taschen. »Ich hatte noch 'ne Dose Pudding.«

Rosemarie zeigte auf den Papierkorb, in dem zwei leergekratzte Becher lagen. »›Hatte‹ war das richtige Wort.«

*

Der Schriftsachverständige Hauser ging in den Zeugenstand, um sein Gutachten vorzutragen. »Die Fragestellung lautete, ob die Unterschrift ›S. Wittlitz‹ auf zwei Kreditanträgen von Herrn Wittlitz selbst geleistet wurde oder ob sein Namenszug von einem Dritten nachgeahmt worden ist. Als Vergleichsmaterial standen mir mehrere Schriftproben zur Verfügung, die zweifelsfrei von Herrn Wittlitz stammen.

Meine Untersuchung hat erbracht: Die Unterschrift ›S. Wittlitz‹ unter den Kreditanträgen, in beiden Fällen mit einem schwarzen Filzstift geleistet, erscheint mir zügig geschrieben und weist keine objektiven Fälschungsmerkmale auf. Sie ist ohne mechanische Hilfsmittel erstellt worden und erweckt den Eindruck großer Ähnlichkeit mit den Vergleichssignaturen.«
Robert Liebling begann langsam zu kochen.
»Bei der Untersuchung verschiedener Schrifteigentümlichkeiten«, fuhr Hauser fort, »ergab sich eine Reihe von Entsprechungen und Kongruenzen, die nach meiner Einschätzung über rein äußerliche und daher nachahmbare Details hinausgehen. Zwar gibt es einige wenige Abweichungen, doch sie sind unerheblich; solche Abweichungen kommen auch bei verschiedenen Schriftproben ein und derselben Person vor und können das hohe Maß an Übereinstimmung nicht in Zweifel stellen. So bleibt abschließend zu sagen, daß die Unterschriften auf beiden Kreditanträgen mit größter Wahrscheinlichkeit von Herrn Wittlitz selbst geleistet worden sind.« Er überreichte dem Richter das Gutachten und trat wieder in den Zeugenstand zurück.
Der Vorsitzende sah den Staatsanwalt an. »Haben Sie Fragen an den Herrn Sachverständigen?«
»Nein.«
Der Richter blickte zu Liebling. »Herr Verteidiger?«
»Reichlich, Herr Vorsitzender. Ich bitte jetzt schon

um Entschuldigung, wenn meine Bemerkungen etwas heftig ausfallen sollten. Vor ungefähr fünf Jahren hatte ich schon mal das Vergnügen mit dem Herrn Sachverständigen. Damals wurde ihm in einer Hauptverhandlung sein Gutachten förmlich um die Ohren geschlagen. Es war inkompetent, oberflächlich und liederlich...«

»Herr Verteidiger«, unterbrach der Richter, »das gehört nicht zur Sache. Stellen Sie Ihre Fragen an Herrn Hauser, wenn Sie etwas klären möchten.«

»Entschuldigung, aber das gehört dazu. Denn der Herr Sachverständige führt uns heute abermals eine Ansammlung von Platitüden vor und nennt das ganze ›Gutachten‹!«

»Ich kann gut verstehen, daß dieses Gutachten nicht den Wünschen des Herrn Verteidigers entspricht«, schaltete der Staatsanwalt sich ein. »Ich bin jedoch gespannt, was er *sachlich* dagegen vorzubringen hat.«

Liebling wandte sich an Hauser. »Was meinen Sie damit, wenn Sie hier sagen, die Unterschriften sind ohne mechanische Hilfsmittel erstellt worden?«

»Damit meine ich, daß die Unterschriften nicht von einem Original auf die Kreditanträge durchgepaust worden sind.«

»So habe ich das auch verstanden, Herr Sachverständiger! Das ist reine Stimmungsmache! Oder hat jemand hier angenommen, ein Fälscher würde in der Bank in Gegenwart eines Bankangestellten eine Unterschrift mit Blaupapier durchpausen?« Er beugte sich zu seinem Tisch und las von einem Notizzettel ab: »Sie haben gesagt: ›Erweckt den Eindruck großer Ähnlichkeit mit den Vergleichssignaturen.‹ Wer hat denn abgestritten, daß die Unterschriften ähnlich sind? Natürlich versucht ein Fälscher, dem Original so nah wie möglich zu kommen, sonst is er ja kein Fälscher, sondern ein Idiot. Ich zitiere Sie noch mal: ›Bei der Untersuchung verschiedener Schrifteigentümlichkeiten ergab sich eine Reihe von Entsprechungen und Kongruenzen‹ und so weiter. Was sind das für Untersuchungen? Was sind das für Eigentümlichkeiten? Wo ist die Reihe der Kongruenzen? Warum liegen die nich hier auf dem Tisch?«

Hauser blickte verlegen und hilfesuchend erst zum Staatsanwalt, dann zum Richter. »Ich bin – ich habe die Unterlagen nicht bei mir. Ich meine – ich habe meine Schlußfolgerungen vorgetragen. Die Untersuchungsergebnisse selbst sind...«

Liebling zeigte mit ausgestrecktem Arm auf den Sachverständigen. »Sie reden von Untersuchungen, die Sie nie durchgeführt haben! Deswegen stottern Sie jetzt! Wenn man Sie auffordern würde, diese Unterlagen morgen hier vorzulegen, müßten Sie über Nacht irgendwas zusammenschmieren!«

Abermals wurde er vom Vorsitzenden zurechtgewiesen. »Herr Verteidiger, ich muß Sie bitten, diesen Ton zu unterlassen!«

»Bin schon fertig.«

»Ist es klug, alle gegen uns aufzubringen?« flüsterte Wittlitz besorgt.
Liebling setzte sich ärgerlich. »Das überlassen Sie ruhig mir. Mit Geigespielen kommen wir hier nich weit.«
Als nächster Zeuge wurde der Bankangestellte Peter Möller aufgerufen, und nachdem er seine Aussage beendet hatte, befragte Liebling ihn: »Sie haben ausgesagt, Sie hätten bei Ihrer Vernehmung durch die Staatsanwaltschaft Herrn Wittlitz auf einem Foto wiedererkannt. Und zwar als den Mann, der im November vorigen Jahres einen Kredit in Ihrer Bankfiliale aufgenommen hat.«
»Das ist richtig.«
»Sie haben sogar gesagt, Sie hätten ihn«, Liebling gönnte den Anwesenden eine unterstreichende Pause, »›zweifellos‹ wiedererkannt.«
»Ja, das stimmt.«
Liebling machte ein paar Schritte in den kleinen Saal hinein auf den Zeugen zu. »Nehmen wir mal an, Herr Wittlitz wird in dieser Verhandlung freigesprochen, ja? Sind Sie sich darüber im klaren, daß man Sie dann wegen einer falschen Zeugenaussage belangen könnte?«
Sofort erhob der Staatsanwalt Einspruch. »Diese Frage kann nicht zugelassen werden. Der Verteidiger darf den Zeugen nicht einschüchtern, weil ihm dessen Aussage nicht ins Konzept paßt!«
Der Richter folgte dem Antrag. »Ihre Frage ist un-

statthaft, Herr Verteidiger. Es überrascht mich, daß ich Sie darauf hinweisen muß. Herr Zeuge, betrachten Sie die letzte Frage des Herrn Verteidigers als nicht gestellt.«
Liebling steckte den Rüffel mit links weg. »Herr Zeuge, als Sie Herrn Wittlitz auf den Fotos wiedererkannten – wieviel Bilder wurden Ihnen vorgelegt?«
»Drei.«
»Von drei verschiedenen Personen?« Liebling legte den Kopf schief. »Und Sie haben das Foto von Herrn Wittlitz gleich als das richtige herausgefischt?«
Möller schüttelte den Kopf. »Nein, so war das nicht. Auf allen drei Bildern war Herr Wittlitz zu sehen, und ich habe ihn auf allen dreien wiedererkannt.«
Liebling wandte sich an den Richter. »Ich stelle fest, daß keine Wahllichtbildervorlage stattfand, wie es selbstverständlich gewesen wäre. Dem Zeugen ist suggeriert worden: Der oder keiner!«
»Die Beweismittel können Sie später in Ihrem Plädoyer bewerten. Haben Sie noch Fragen an den Zeugen?«
»Logisch. Sagen Sie, Herr Möller: Wieviel Zeit lag zwischen jenem Tag, an dem Sie den Antragsteller der bewußten Kreditanträge in Ihrer Bankfiliale gesehen haben, und der eben erwähnten Lichtbildvorlage?«
Der Zeuge dachte nach und nahm beim Rechnen sogar die Finger zu Hilfe. »Acht Monate.«
»War der Antragsteller Kunde Ihrer Bankfiliale?«

»Nein.«

Liebling hakte nach. »Haben Sie ihn vorher schon einmal gesehen?«

»Nein.«

»Ist Herr Wittlitz Kunde Ihrer Filiale gewesen?«

»Nein!«

»Sie haben bei Ihrer Arbeit mit Publikum zu tun – mit wie vielen Leuten täglich?«

»Das weiß ich nicht.«

Liebling sprach wie ein gütiger Lehrer. »Ungefähr. Auf einen oder zwei mehr oder weniger kommt's mir nich an.«

Peter Möller sah an die Saaldecke. »Na ja – ungefähr fünfundzwanzig oder dreißig.«

»Rechnen wir mal die Woche zu fünf Tagen, dann sind das rund hundertfünfzig, im Monat etwa sechshundert, und in acht Monaten, natürlich alles über den Daumen gepeilt, viertausendachthundert verschiedene Kunden, richtig?«

»Das könnte sein«, bestätigte der Zeuge.

»Und da werden natürlich auch 'ne Menge Anträge gestellt, Aktien gekauft, Überweisungen ausgeschrieben, Geld abgehoben, Schecks eingereicht und so weiter, und bei jedem Bankgeschäft muß der Kunde seine Unterschrift leisten.«

»Das ist auch richtig.«

Liebling setzte sich. »Ich habe keine weiteren Fragen an den Zeugen.«

Der Richter forderte Möller auf, sich auf die Zeugen-

bank zurückzuziehen, und verlas einen Antrag Lieblings. »Die Verteidigung hatte beantragt, Herrn Eberhard Köstler als Zeugen zu laden. Die Ladung ist auch erfolgt, es stellte sich jedoch heraus, daß der Zeuge sich auf einer Asienreise befindet und hier nicht erscheinen konnte. Auf seine Vernehmung müssen wir verzichten. Ihr Einverständnis vorausgesetzt, Herr Verteidiger.«
»Wer ist Köstler?« fragte Wittlitz leise.
Liebling stand auf. »Mein Mandant hat mich eben gefragt, wer Herr Köstler is. Köstler war bis vor vier Monaten Sachbearbeiter bei der Westfälischen Kreditanstalt. Er is neben Herrn Möller die zweite Person, die den damaligen Kreditnehmer gesehen hat...«
Er stockte, weil Elfriede Liebling in den Saal trat und sich hochinteressiert auf eine Zuhörerbank setzte und die Teilnehmer an der spannenden Aufführung Mann für Mann fixierte und taxierte.
Nach kurzer Konzentrationspause brachte Robert Liebling den Satz zu Ende. »Aus unerfindlichen Gründen hat die Staatsanwaltschaft auf die rechtzeitige Vernehmung von Herrn Köstler verzichtet. Is mir unbegreiflich.«
Der Staatsanwalt wies jede Pflichtvergessenheit von sich. »Während der Voruntersuchung haben wir uns an die Westfälische Kreditanstalt gewandt und erfahren, daß Herr Köstler dort nicht mehr beschäftigt ist.«

»Was hat denn das mit der Frage zu tun, ob er Herrn Wittlitz wiedererkennt oder nich?« brummte Liebling unfreundlich. »Bei dieser für meinen Mandanten wichtigen Komponente geben Sie sich damit zufrieden, daß der Zeuge zur Zeit nicht erreichbar is? Ich halte das für ein schweres Versäumnis. Ich werde hilfsweise zu meinem Freisprechungsantrag einen Beweisantrag stellen, den Zeugen Eberhard Köstler zu laden. Weiterhin beantrage ich in der Strafsache gegen Norbert Wittlitz, den an Gerichtsstelle anwesenden, unmittelbar geladenen Schriftsachverständigen Professor Wiesenbach zu hören. Der Sachverständige wird bekunden, daß ein Vergleich der Unterschriften unter den Kreditanträgen und dem in der Gerichtsakte befindlichen Vergleichsmaterial ergibt, daß beide Schriftproben *keinen* identischen Urheber haben.«

Der Vertreter der beiden geschädigten Banken, Rechtsanwalt Storm, meldete sich zu Wort. »Wir haben Einwände. Ich kenne diesen Herrn Wiesenbach nicht, und es sind Zweifel erlaubt, daß er uns hier ein unabhängiges Gutachten vorlegen wird. Gewiß ist es einem Verteidiger möglich, so lange alle Gutachter abzuklappern, bis er den richtigen gefunden hat. Ob diese Methode der Wahrheitsfindung dient, halten wir für fraglich.«

Liebling grinste. »Ihnen paßt Ihr Hauser ganz gut in den Kram, was?«

Als habe er diesen Kleinkrieg nicht bemerkt, forderte

der Richter den Justizwachtmeister auf, Professor Wiesenbach in den Zeugenstand zu rufen.
Als der Sachverständige erschien und seine Unterlagen auf den Tisch gelegt hatte, sagte der Vorsitzende: »Herr Professor Wiesenbach, Sie sind als Sachverständiger unmittelbar geladen worden. Ich habe Sie darauf hinzuweisen, daß Sie das Gutachten nach besten Wissen und Gewissen erstatten und damit rechnen müssen, vereidigt zu werden...«
Liebling beugte sich zu Wittlitz, der angespannt auf seinem Stuhl saß, und flüsterte ihm zu: »Bleiben Sie ganz locker. Die Sache is gelaufen.«

*

Robert Liebling ging mit seiner Mutter die Turmstraße entlang, sie musterte ihn ständig von der Seite und sagte schließlich stolz: »Herrje, hast du's denen aber gegeben! Als du mit deinem Plädoyer fertig warst, hatten sie gar keine andere Möglichkeit, als den jungen Mann freizusprechen.«
»Mama, viele schwitzen, und die wenigsten wissen, warum.«
»Du immer mit deinen Sprüchen«, sagte sie. »Er ist doch *wirklich* unschuldig, nich wahr?«
»Ich denke schon.«
»Was heißt, du denkst? Du bist doch sein Verteidiger gewesen.«
Robert zeigte mit dem Daumen rückwärts über seine Schulter. »Aber ich war vor acht Monaten nich dabei, wo einer die dicke Kohle eingestrichen hat.«

»Er *ist* unschuldig«, sagte Frau Liebling. »Papa hat auch immer gesagt: ›Friedchen, für manche Sachen hast du 'n guten Riecher.‹ Ich hab' einen Blick dafür, kannst du gerne glauben.«

»Das beruhigt mich kolossal.«

»Es war nur traurig, Jungchen, daß der Saal so leer gewesen ist. Du hättest ganz viele Zuschauer verdient.«

Er legte seinen Arm um ihre Schultern. »Als du reingekommen bist, hab' ich fast 'n Herzanfall gekriegt. Warum sagst du mir so was nich vorher?«

»Ich wollte dich überraschen.«

»Haste wirklich geschafft.« Er blieb stehen und zeigte auf sein Motorrad, das er in der Lücke zwischen zwei Autos abgestellt hatte. »Jetzt is Schluß mit Worten, Mama, jetzt gelten Taten.«

Er schloß den Helm ab und setzte ihn seiner Mutter auf. Da sie seit Jahren mit seinen Maschinen vertraut war, benahm sie sich nicht zickig, sondern kletterte forsch hinter ihm in den Sattel.

Liebling startete, reihte sich in den Verkehr ein und rief nach rückwärts: »Hast du Angst?«

Sie hatte sich die Handtasche um den Hals gehängt und klammerte sich an ihren Sohn fest. »Ich möchte mich jetzt nich unterhalten, Jungchen.«

»Solange du dich an mir festhältst, kann gar nix passieren!« Er legte einen verbotenen Sprint ein und fragte danach: »Mal was ganz anderes, Mama: Wie lange hast 'n vor zu bleiben?«

»Hab' mich noch nicht entschieden«, rief sie. »Vielleicht noch drei Wochen. Wär' dir das recht?«
Er schaltete herunter, gab Gas, setzte die Maschine vor eine Taxe und ließ sie wieder rollen.
»Hast du was gesagt, Jungchen?«
Er überlegte, daß drei Wochen eine enorme Zeitspanne waren im Hinblick auf Pläne, die er in engem Zusammenhang mit der Staatsanwältin Rosemarie Monk hegte, und er brüllte gegen den Fahrtwind: »Ich hab' gesagt, is mir recht!«
Erleichtert drückte sie sich gegen ihn. »Und ich dumme Gans hab' Angst gehabt, du willst mich loswerden.«

*

Giselmund Arnold schloß die Wohnungstür auf und hängte seine Jacke an die Flurgarderobe. Er schlich ins Wohnzimmer, um seine Tochter nicht aufzuwecken, die um diese Zeit schon schlief. Louise spickte ein dickes Lehrbuch mit Lesezeichen und streckte ihm ihren Mund entgegen.
Ehe er sie küßte, blickte er auf den Tisch vor den Sesseln. Dort lag ein mit buntem Band verschnürtes Paket. »Was ist das für ein Päckchen?«
»Für dich. Hat Frau Landgrün abgegeben. Als kleine Anerkennung für deine Arbeit, hat sie gesagt.«
Er ahnte nichts Gutes und wickelte das Geschenk aus. In einem stabilen Pappkarton lag, noch fabrikneu in Styropor verpackt, ein Blutdruckmeßgerät. Er hielt es hoch, die Manschette und der Druckball hingen an seinem Arm herunter. »Guck mal, Louise.«

Sie war entzückt. »Los, miß gleich mal meinen Blutdruck.«
»Du bringst es ihr heute noch zurück!«
»Warum?« fragte sie naiv.
»Menschenskind, Louise, weil der Apparat mit Sicherheit von ihr im Krankenhaus geklaut worden ist!«
»Echt?«
»Sag mal, tust du nur so? Vielleicht hat sie sich wieder so fürchterlich vor etwas geekelt, daß sie das Ding gleich mitgenommen hat. Auf alle Fälle muß es hier weg.«
»Und was sage ich als Begründung?«
»Was weiß ich – daß du aus einer Familie stammst, die Blutdruckmesser herstellt.« Er lachte laut. »Oder sag ihr, wir messen unseren Blutdruck auf andere Weise.«
Im Nebenzimmer begann das Kind zu brabbeln, und Louise flüsterte vorwurfsvoll: »Jetzt hast du Silvy aufgeweckt!«

*

Nach dem erfolgreich abgeschlossenen Verhandlungstag und einem ausgedehnten Schlummertrunk mit seiner Mutter schlief Robert Liebling besonders zufrieden und besonders gut in dieser Nacht. Es dauerte sehr lange, bis er durch Klopfgeräusche unruhig wurde, die nicht in seinen Traum paßten.
Seine Schlafzimmertür ging auf, Licht fiel in den Raum, Elfriede Liebling steckte ihren Kopf vor und flüsterte: »Robertchen!«

Als er nicht reagierte, trat sie ins Zimmer und knipste die Stehlampe neben der Tür an. Sie trug ein Wallawalla-Nachthemd, Pantoffeln und ein Haarnetz.
»Robertchen!«
Erschrocken schoß er in die Höhe, blinzelte, rieb sich die Augen und angelte den Wecker vom Nachttisch. »Was denn? Halb vier? Die Uhr is stehengeblieben.«
»Es *ist* halb vier, Jungchen.«
»Und warum weckste mich mitten in der Nacht?«
Tief seufzend ließ er sich zurücksinken.
»Du mußt mal kommen und mithelfen. Es ist wichtig.«
»Einbrecher?«
»Nich doch, viel schlimmer.«
Torkelnd vor Müdigkeit erhob er sich und folgte ihr ins Nebenzimmer, in dem sie schlief. »Wo is nu das Schlimme?«
»Du mußt mir helfen, das Bett wegzurücken, Jungchen. Vielleicht an die Wand dort.« Sie drehte sich um und zeigte auf die Seite, an der ein Schrank stand.
Er juckte sich mit beiden Zeigefingern die Ohren, schüttelte den Kopf, um möglicherweise Sand oder Wasser oder beides zu entfernen. »Jetzt? Um halb vier?«
»Ja, Jungchen, jetzt! Weißt du, warum ich keine Sekunde schlafen konnte, seit ich hier bin? Ich hab's rausgefunden.«

»Haste aber noch nie von gesprochen. Hättste doch am Tag sagen könn'!« Er strebte seinem Zimmer zu. »Ich mach' dir 'n Vorschlag: Erzähl's mir morgen.«
»Wenn du den Grund hörst, wirst du nich mehr so leichtfertig daherreden!«
Gehorsam blieb er stehen. »Sag schon.«
»Erdstrahlen!«
»Ehrlich?«
»Wenn ich hier wohnen müßte, Jungchen, da würde ich *sofort* einen Fachmann kommen lassen, der mir den genauen Verlauf der Kraftfelder aufzeichnet. Und dir empfehle ich das auch. Dringend!«
»Einer mit 'ner Wünschelrute, Mama?«
»Mach du nur deine Witze! Würdest du mir jetzt helfen, das Bett dort hinüber zu schieben?«
»Da steht aber 'n Schrank«, sagte er.
»Der kann ja da hin, wo jetzt das Bett steht«, schlug sie vor.
»Mama, das is 'n halber Umzug!« sagte er fassungslos. »Da wird das ganze Haus rebellisch!«
»Quark! Ein Klacks, Jungchen: Bett hin, Schrank her.« Elfriede vollführte Armbewegungen wie ein Verkehrspolizist auf der Straßenkreuzung. »Außerdem wohnt Gruber unter dir! Ich denke, der ist dein Freund.«
»Da is schon manche Freundschaft in die Brüche gegangen, wenn einer anfängt, morgens um halb vier mit Möbeln zu spielen.«
Sie trat an die Wand und quetschte ihre Finger zwi-

schen Schrank und Tapete. »Da war doch immer was mit seiner Frau.«
Robert packte die Schrankrückwand von der anderen Seite. »Nee, mit seiner Sekretärin.«
Kräftig zog sie das Möbelstück zur Zimmermitte. »Sag' ich doch. Also hat's in seiner Ehe nich gestimmt.«
Er schob, und schon stand der Schrank vor dem Bett. »So gesehn haste recht – 'n Toten kannste eben nich künstlich beatmen.«
Mit Untergriff hob Elfriede das Kopfende vom Bett an. »Hat sie sich mit der Sekretärin abgefunden?«
Er lüpfte das Fußende hoch. »Muß sie wohl. Nach der Silbernen Hochzeit darfste nich mehr schmollen. Bringt ja nischt.« Im Gleichschritt trugen sie das Bett an die gegenüberliegende Wand und stellten es ab. »Gewissermaßen zum Ausgleich is Dagobert von seiner Sekretärin um etliche zehntausend Piepen beschissen worden. In 'ner schwachen Stunde hatte der Gummibär ihr Vollmacht übers Konto gegeben. Bekloppt.«
»Gönn' ich ihm.« Frau Liebling schnaufte nach der ungewohnten Arbeit. »Papa war auch immer Versuchungen ausgesetzt...«
Von Grubers unten wurde mit dem Besenstiel gegen die Decke gebummert. Liebling schaute auf den Teppich zu seinen Füßen und rief: »Man wird sich doch noch wohnlich einrichten dürfen, oder?«

*

Liebling machte den Eindruck einer ausgequetschten Zitrone, als er in der Kanzlei auftauchte. Paula warf gerade die Kaffeemaschine an.
»Machen Sie ruhig 'n paar Löffel mehr rein«, sagte er verdrossen, »ich kann das heute brauchen.«
Sie merkte, daß der Chef schlapp im Anzug hing.
»Ist was passiert? Haben Sie schlecht geschlafen?«
»Geschlafen? So gut wie gar nich.«
»Nanüchen! Woran hat's denn gelegen? Ich nehme immer Baldrian.«
»Hilft Baldrian gegen Erdstrahlen?«
Paula war entsetzt. Ihr rutschte der Kaffeelöffel aus der Hand, und in der Beckenmuskulatur verspürte sie sofort ein leichtes Ziehen. »Um Himmels willen, Chef! Das ist ja furchtbar! Wissen Sie das genau? Ich könnte Ihnen Geschichten über Erdstrahlen erzählen, da würden Ihnen die Haare zu Berge stehen!«
Bei all seiner Menschenliebe, da war er empfindlich wie ein Zoowärter, dem das Nilpferd auf den Fuß getreten hatte. »Paula!«
»Ja, Chef?« fragte sie verdattert.
Er fuhr sich beleidigt mit der Hand über seine Glatze und bekam erst wieder bessere Laune, als er den Kranz graublonder Fusseln erreichte, der seinen Hinterkopf umgab – alles war noch nicht verloren.
»Meine Haare stehen nich so leicht zu Berge, das sollten *Sie* wissen!« Er öffnete die Tür seines Büros.
»Is Arnold da?«
»Er hat gerade einen Mandanten im Zimmer«,

brachte Paula geknickt heraus und dachte an seine Geheimratsecken, die sie noch kennengelernt hatte, als sie vor Jahren bei ihm anfing. Im Laufe der Zeit war die Stirn immer höher geworden.
Er schloß die Tür hinter sich und wurde sich bewußt, daß er nur knappe fünf Stunden geschlafen hatte. Nach dem Möbeltransport hatte er kein Auge mehr zugemacht. Was ihn jetzt in diesem Raum am meisten interessierte, war das wundervolle alte Sofa. Er schleuderte die Schuhe von den Füßen und ließ sich mit zufriedenem Stöhnen auf die weiche Liege fallen. Endlich allein, endlich Ruhe.
Er hörte nicht, daß Paula sagte: »Hier ist der Kaffee, Chef.« Und als sie ihn rüttelte und eindringlich äußerte, daß draußen ein Mandant auf ihn wartete, drehte er sich auf die linke Seite und brummelte: »Ja, ja, is schon klar...«
»Chef, der hat einen Termin!«
»Bei mir?«
»Ja.«
»Arnold!«
»Geht nicht, der hat schon Besuch.«
»Wer isses? Was will er?«
»Er heißt Bonk! Was er will, hat er nicht gesagt – er hält mich für eine Tippse. Macht aber einen wohlhabenden Eindruck. Westenträger.«
Die Vokabel ›wohlhabend‹ weckte Liebling vollends auf. Er setzte sich auf und fand sich nicht zurecht.
»Ziehen Sie Ihre Schuhe an«, sagte Paula besorgt

und verpaßte ihm einen seelischen Konterschlag, ehe sie verschwand: »Andere müßten sich jetzt noch kämmen...«

Herr Bonk erschien, und er machte tatsächlich auch auf Liebling einen wohlhabenden, gepflegten Eindruck. »Womit kann ich Ihnen helfen?«

Der dreißigjährige Mann reichte seine Visitenkarte über den Schreibtisch. »Ich kann offen mit Ihnen sprechen?«

»Aber immer.«

»Vor einiger Zeit bin ich zu vier Monaten Gefängnis ohne Bewährung verurteilt worden – ich bin ohne Führerschein gefahren.«

»Wieso dann vier Monate?«

»Es war das vierte Mal. Beim erstenmal dreißig Tagessätze, beim zweitenmal sechzig, beim drittenmal zwei Monate mit Bewährung, und beim viertenmal eben vier Monate...«

»Is ja 'ne logische Kette.«

»Aber das ist nur die Vorgeschichte. Das Problem kommt jetzt. Nach der Verhandlung durfte ich wieder nach Hause gehen. Die Aufforderung zum Strafantritt kam einige Zeit später. Zufällig sah ich in jener Zeit einen Mann auf der Straße, der mir ein bißchen ähnlich sah – fand ich jedenfalls...«

Liebling hatte die Spur einer Ahnung, lächelte wissend, und jetzt interessierte ihn die Geschichte von Bonk wirklich. »Gute Story. Erzählen Sie weiter.«

»Der Mann ging in eine Kneipe, und ich folgte ihm.

Ich merkte, daß er nicht viel Geld hatte. Es reichte gerade für einen Schnaps. Danach lief er mit seiner Plastiktüte in die Hasenheide. Stadtstreicher, Sie verstehen?«
»Aber selbstmurmelnd, Herr Bonk. Kurz und gut, Sie haben ihn gefragt, ob er an Ihrer Stelle in den Knast geht?«
Bonk staunte. »Kann man das so leicht erraten? Also gut, ich bot ihm eine gewisse Summe an, wir haben neue Sachen für ihn gekauft, er bekam meinen Ausweis, er ging ins Gefängnis und saß meine Strafe ab. Seit vier Tagen ist er wieder draußen...«
»Und er verlangt mehr Geld«, ergänzte Liebling.
»Woher wissen Sie das?«
»Manchmal habe ich Eingebungen. Darf ich fragen, was Sie von Beruf sind?«
»Ich habe zwei Antiquitätengeschäfte.«
»Sie haben vorhin gesagt ›eine gewisse Summe‹. Was verstehen Sie darunter? Was waren Ihnen die vier Monate wert?«
»Fünftausend Mark.«
»Das ist kein sehr guter Stundenlohn. Und wieviel verlangt er jetzt?«
»Noch einmal fünftausend.«
»Das werden Sie auch an mich zahlen müssen.«
»Als Honorar? Ganz schön.«
»Wie heißt er?«
»Kniebis – hat er gesagt.«
»Hat dieser Kniebis gedroht, Sie anzuzeigen, wenn Sie nich zahlen?«

»Er hat es durchblicken lassen.«
»Und? Haben Sie sich mit ihm verabredet?«
»Er ist bei gutem Wetter, sagte er, jeden Tag in der Hasenheide. Ich soll ihm das Geld dorthin bringen. Bar auf die Kralle, hat er gefordert.«
»Heute is gutes Wetter, Herr Bonk. Gehen Sie hin und bringen Sie den Mann auf irgendeine Weise her. Der Kerl bleibt Ihnen sonst bis in alle Ewigkeit erhalten, und Sie zahlen, bis Sie nich mehr aus den Augen gucken können!«
Während Liebling Verhaltensregeln abspulte, hatte sich draußen im Vorzimmer Lieblings Mutter eingefunden. Da Elfriede Liebling Gesprächsthema Nummer eins in der Kanzlei geworden war, wußte Paula, daß »Jungchen« die Kanzlei von allzu engen Familienkontakten freihalten wollte. Gegen Sarah hatte er nichts, die kam und verschwand innerhalb von fünf Minuten, aber Mama, die prüfte sogar, ob ordentlich Staub gewischt worden war, und sie mochte auch mal in Akten schnüffeln.
Liebling ließ Herrn Bonk hinaus und sagte: »Meine Güte, Mama. Waren wir etwa verabredet?«
»Nein, nein. Ich wollte nur mal wieder in dein Büro reinschauen.«
»Vor einigen Minuten hat Staatsanwältin Monk sich gemeldet«, sagte Paula und hoffte, ihm einen Dienst zu erweisen, der ihn die Anwesenheit seiner Mutter leichter ertragen ließ. »Sie möchten zurückrufen.«
»Immer, wenn ich mal mit Papa eine Minute in Ruhe

reden wollte, kam auch was dazwischen«, stellte Frau Liebling fest.
Er zog sie in sein Zimmer. »Komm rein und nimm's leicht. Setz dich, mach's dir bequem.« Er zwinkerte Paula an. »Und wenn Sie die Staatsanwaltschaft an der Strippe haben, stellen Sie bitte durch.«
Elfriede musterte das, was er unter Ordnung verstand und hockte sich befremdet auf die Sofakante. »Räumt hier niemand auf?«
»Doch, jeden Abend kommt 'ne Putzfrau.«
In Griffnähe seines Schreibtisches erspähte sie eine Kognakflasche, die sogleich Sorge ins Mutterherz einfließen ließ. »Sag mal, trinkst du eigentlich viel?«
»Ich glaube, ich liege unterm Bundesdurchschnitt, Mama. Und du mußt bedenken, daß ich inzwischen sage und schreibe fünfzig Jahre alt bin.«
Da erlöste ihn das Telefon. Er nahm den Hörer ab und meldete sich. »Ich hätte schon längst von mir hören lassen, wenn ein gewisses positives Ereignis eingetreten wäre. Leider isses noch nich soweit.«
Frau Liebling lauschte aufmerksam, und Robert mußte weiterhin eine konspirative Ausdrucksweise wählen.
»Sprechen Sie von der Abreise Ihrer Mutter?« fragte Rosemarie Monk.
»Erraten.«
»Ich glaube, im Grunde sind Sie heilfroh über den Besuch, und Ihre komische Verzweiflung ist reine Spielerei.«

»Bei passender Gelegenheit antworte ich darauf. Im Moment geht's nich.«
»Klienten im Zimmer?«
Er sah aus dem Fenster bei der Antwort. »Schlimmer.«
»Ihre Mutter.«
»Sie sagen es.«
»Wenn Sie wollen, ruf' ich später noch mal an.«
»Soweit kommt's noch!«
Auch Rosemarie Monk suchte nach einem gangbaren Ausweg. »Sie wollten doch wieder mit mir essen gehen. Das können wir doch auch mit Ihrer Mutter machen. Oder sind Sie absolut dagegen?«
»*Das* würden Sie tun?«
»Ich möchte Sie sogar zu mir einladen.«
Er malte sich die Sache aus und fand sie edel. »Sehr einverstanden.«
»Sonntag abend um acht?«
»Ja, wir sind pünktlich wie zu 'ner Verhandlung.«
Frau Liebling konnte sich zwar auf den Inhalt des Gesprächs keinen Reim machen, aber da ihr Sohn sie dauernd ansah und sich zustimmend äußerte, ja, sogar erfreut war, nickte sie ebenfalls, wenn er nickte.
Unterdessen hatte Paula Giselmund Arnold für eine kleine Rettungsaktion alarmiert. Er klopfte an Lieblings Bürotür, öffnete sie und fragte: »Darf ich?«
»Klar, kommen Sie rein. Das is meine Mutter – das is Rechtsanwalt Arnold.«
Giselmund trug eine streng geschäftliche Miene zur Schau. »Wir müssen...«

Liebling begriff, schlug sich mit der flachen Hand verzweifelt vor die Stirn und räsonierte: »Mein Gott, wie konnte ich das vergessen? Ich sitz' hier rum, Mama, und versau' die wichtigsten Termine. Sie hätten aber auch früher ein Wort sagen können, Herr Kollege!«
Er flitzte hinter seinem Schreibtisch hervor und packte Arnolds Oberarm. »Entschuldige, Mama, wir müssen schleunigst abhauen. Dauert 'ne gute Stunde, wenn nich länger.« Verzweifelt fixierte er Arnold. »Hoffentlich is der Wellermann noch nich weg.«
Spätestens jetzt geriet Arnold die Rettungsaktion außer Kontrolle; Liebling hatte die Führung an sich gerissen und zog ihn mit sich durch das Treppenhaus auf die Straße.
»Wer ist Wellermann?«
»Das werden Sie gleich sehen«, antwortete Liebling wichtig. »Wir müssen zum Paul-Lincke-Ufer.«
Eilig gingen sie nebeneinander her, und plötzlich begann Liebling mit einem Monolog. »Ich weiß, was 'n Sohn seiner Mutter schuldig is. Ich bin nie ungeduldig, knickrig oder grob gewesen. Fünf Tage wollte sie bleiben, und jetzt isse bald sechs Wochen da. Irgendwie hat der liebe Gott nich vorgesehen, daß man mit seiner Mutter in einer Bude hockt, wenn man über fünfzig is.«
Er steuerte auf eine Würstchenbude am Landwehrkanal zu und zeigte auf das Schild »Wellermanns

Stehimbiß«. »Sehn Se, Herr Arnold. Gott sei Dank isser noch da!«
Sie holten sich ein paar Krakauer mit Brot, setzten sich auf eine Bank am Kanal, und Liebling fragte: »Was hatten Sie für 'n Kunden? Hat mächtig lange gedauert.«
»Ist auch noch nicht zu Ende. Ein DDR-Flüchtling ist von seinen Fluchthelfern mit Gewalt gezwungen worden, statt der ursprünglich vereinbarten 30000 Mark einen Vertrag über 50000 zu unterschreiben. Ein bißchen teuer, finden Sie nicht?«
»Was für Fluchthelfer?«
»Fahrer von einer Transit-Spedition.«
»Da gibt's 'n Urteil vom Bundesgerichtshof: ›Ein Vertrag, durch den sich jemand verpflichtet, dem anderen Vertragsteil für die sogenannte Ausschleusung eines Einwohners der DDR ein Entgelt zu zahlen, Klammer auf: Fluchthelfervertrag, Klammer zu, verstößt weder gegen ein gesetzliches Verbot noch ohne weiteres gegen die guten Sitten.‹ Die Speditionsfirma weiß natürlich von nix.«
»Privatgeschäft der Fahrer. Wenn das rauskommt, riskieren sie, daß sie die Transitstrecke nicht mehr benutzen dürfen. Wäre doch ein Weg, den Fahrer unter Druck zu setzen, wenn man ihm klarmacht, was das für seine Firma bedeutet...«
»Moment. Es gibt ein Gesetz, daß die Anzeige von Fluchthilfe bei DDR-Behörden unter Strafe stellt.«
Arnold guckte erstaunt. »Wer will den Mann denn

anzeigen? Man brauchte nur elegant durchblicken zu lassen, daß...«
»Erpressung is auch strafbar.«
»Wenn ich recht verstehe, raten Sie mir, die Sache laufenzulassen.«
»Ich rate Ihnen gar nichts. Sie hüpfen da auf 'nem Minenfeld rum, als wär's 'ne Badewiese.«
»Drehen Sie sich nicht um«, flüsterte Arnold plötzlich und peilte hinter Lieblings Rücken am gußeisernen grauen Geländer des Kanalufers entlang.
Liebling sah starr geradeaus, als befände sich sein Hinterkopf im Visier eines Scharfschützen. »Was is los?«
»Auf der Nebenbank rechts sitzt Ihre Mutter!« wisperte Arnold.

*

Jonny Kniebis war einer der zahlreichen Berliner Stadt-Berber, denen Freiheit so lange etwas bedeutete, wie Alkohol in jeder Form dieselbe garantierte. Er hatte, wie jeder gute deutsche Bürger, Manschetten vor der Uniform und vor der Justiz. Also weigerte er sich, in eine Anwaltskanzlei zu gehen, auch wenn das die freiheitlichste Institution von alldem war, was er unter Recht und Ordnung verstand.
»Wenn Ihr Anwalt wat von mir will«, hatte er zu seinem Gönner Bonk gesagt, »dann treffen wa uns in ›Rodes Bierstuben‹ am Zickenplatz und sonst nirjenswo, vastehn Se?«
Bonk überredete Liebling. Als sie die Dieffenbach-

straße hinuntergingen, ließ Bonk wissen: »Ich bin bereit, ihm noch etwas Geld zu geben. Können wir darüber einen Vertrag aufsetzen? Ich würde mich verpflichten, ihm noch eine gewisse Summe zu zahlen, und er müßte unterschreiben, mich in Ruhe zu lassen.«

Liebling hielt das für puren Schwachsinn. »Herr Bonk, das können Sie vergessen. Es is nich üblich, notarielle Vereinbarungen über die Einzelheiten von Erpressungen zu treffen. Das is sittenwidrig und von vornherein ungültig. Soll heißen: Der Wisch kann den Mann nich davon abhalten, immer wieder zu kommen und Geld zu verlangen.«

Jonny Kniebis saß allein an einem Tisch in der Kneipe und löste Kreuzworträtsel in einer Zeitung, die er aus einem Abfallkorb gefischt hatte. Vor ihm standen ein leeres Bierglas und zwei Schnapsgläser. Auch leer. Argwöhnisch glotzte er Bonk und Liebling an, als sie das Lokal betraten.

Den Ablauf des Unternehmens wollte Jonny in der Hand behalten. »Herr Bonk, wenn det der anjepriesende Anwalt is, jleich wat Organisatorisches: Ick brauche noch 'n Bier und 'n Korn.«

»Für mich auch 'n Bier«, sagte Liebling.

Bonk ging zur Theke, und Kniebis fragte Liebling: »Hatter Ihn' jesagt, det ick bereit bin, meine Ansprüche abzutreten und zu welchen Bedingungen? Sie wissen doch, wat er mir bisher jejeben hat.«

»Fünftausend.«

Kniebis zog ein schmuddeliges Büchlein aus der Tasche. »Allet jenau notiert: Vier Monate Knast sind 2928 Stunden. Det is 'n Stundenlohn von eene Mark siebzich! Und det für 'ne Arbeet, die allet andere als anjenehm war. Halten Se det für jut?«
»Ich kenne mich bei den Tarifen nich so aus. Aber ich hätt's nich dafür gemacht.«
»Ick denk' an 'ne Abschlußzahlung von noch mal 5000 Mäusen. Det is immer noch 'n nobler Preis.«
Liebling schüttelte ablehnend den Kopf. »Sie haben da von Ansprüchen geredet, Herr Kniebis: Sie haben keine! Außerdem sind eine Menge Zeugen da, die Sie im Knast gesehen haben. Häftlinge, Schließer, Beamte. Schätzungsweise hundert Personen.«
Kniebis feixte schlau. »Wenn Bonk das gegen mich verwendet, is er doch selba dran! Kann ick doch nur lachen!«
»Sehn Se, Herr Kniebis, deshalb nutzt Ihr Vorschlag niemandem etwas.«
»Viertausend.«
Liebling nahm das Bierglas in die Hand, das eben gebracht wurde, und schaute in die gutgezapfte Blume.
»Dreitausend«, bot Jonny an.
»Sie schmeißen ganz schön mit Ihrem Geld rum. Warum waren Sie damals einverstanden, für 5000 vier Monate lang in'n Knast zu gehen? Sie hätten doch gleich sagen können: Das is mir zu wenig.«
Bonk kam von der Theke zurück, und Liebling

merkte, daß sein Mandant sich gerne in Luft aufgelöst hätte und als warmer Regen an der Cote d'Azur herabgerieselt wäre.

»Sie werden's nich gerne hören, Herr Bonk, aber ich glaube, Sie kommen nur auf eine einzige Weise aus der Sache raus: Indem Sie Ihre vier Monate absitzen. Sie können mit Kniebis ausmachen, was Sie wollen – er wird immer wiederkommen und neues Geld verlangen, und Sie werden dasitzen und sich davor fürchten. Sie sind seine einzige Einkommensquelle. Eine Plage wird das, sage ich Ihnen!«

»Ich kann doch jetzt nicht für vier lange Monate ins Gefängnis gehen!«

»Wieso können Sie nich?« wollte Liebling wissen.

»Das haben schon andere fertiggebracht. Sie kämen sicher in den offenen Strafvollzug. Abends um acht rein, morgens um sechs wieder raus. Tagsüber können Sie Ihren Job machen. Natürlich nur, wenn Sie Wert drauf legen.«

»Ich habe mich doch zusätzlich strafbar gemacht, weil ich ihn an meiner Statt in den Bau geschickt habe.«

»Haben Sie nich. Sie wollten ja nur vereiteln, daß Sie bestraft werden, beziehungsweise, daß eine gegen Sie verhängte Strafe vollstreckt wird. Das is aber 'ne andere Sache: Im Gefangenenbuch steht jetzt 'ne falsche Eintragung, die Sie mitveranlaßt haben. Mittelbare Falschbeurkundung, heißt das. Doch da muß erst mal 'n Staatsanwalt drauf kommen. Gibt allenfalls 'ne Geldstrafe.«

»Aba wat meine Wenigkeit anjeht«, sagte Jonny Kniebis, »det ham wa ja nu jar nich besprochen! Und wat is, wenn ick jetzt direkt zur Polizei jehe?«
Liebling nickte ihm freundlich zu. »Wir haben mit Ihnen nischt zu besprechen, und wenn Sie zur Polizei gehen wollen, dann sein Se vorsichtig, daß Sie nich hinfallen. Schönen Tag noch, Herr Kniebis.«

*

Rosemarie Monk hatte Kalbsschnitzel, Rosenkohl und Kartoffelpüree serviert. Robert mampfte hingerissen, seine Mutter fand, an den Rosenkohl hätte etwas Muskat gehört, und Rosemarie fiel ein, daß sie vergessen hatte, ein Flöckchen Butter in das Püree zu rühren.
Als die Wohnungstür zuklappte, fragte Liebling: »Kommt noch jemand?«
»Das war mein Sohn«, antwortete Rosemarie. »Er ist eben weggegangen. Neuerdings verschwindet er, ohne Bescheid zu sagen. Er ist fünfzehn. Haben Sie auch Kinder?«
»Meine Tochter is siebzehn.«
»Dann kennen Sie das ja.« Sie wollte Frau Liebling Wein nachgießen, aber die Flasche war schon leer. »Entschuldigen Sie mich einen Augenblick, ich hole eine neue Flasche.«
Kaum hatte sie das Zimmer verlassen, wisperte Frau Liebling: »Hast du gewußt, daß sie einen Sohn hat?«
»Nee.«

»Ist das nich merkwürdig?«
»Wieso? Wenn ich ihr 'n Heiratsantrag gemacht hätte, und sie hätte mir den Sohn dann immer noch verschwiegen, *das* wäre merkwürdig.«
Rosemarie kehrte zurück. Elfriede Liebling tätschelte die Hand ihres Sohnes und sagte schnell: »Als Sie draußen waren, hat er Ihr Essen in den höchsten Tönen gelobt.« Sie piekte einen Rosenkohl auf. »Wissen Sie, was mir gerade einfällt, Frau Monk? Als ich meinen Mann kennenlernte, war dessen Mutter auch dabei. Ist das nich ein seltsamer Zufall?«
Robert blieb glatt ein Stück Schnitzel im Hals stecken. Er mußte husten und sah Rosemarie an, die auch mit vollem Mund um Haltung kämpfte.
Den Drang, tief in ihre Erinnerung hinabzutauchen, konnte Frau Liebling nun nicht mehr bremsen, denn das totale Schweigen der beiden verstand sie als echte Teilnahme. »Es war in einem Luftkurort in Thüringen. In Ilsenburg.«
»Ilsenburg is im Harz«, brummte Robert.
»Spielt doch keine Rolle. Ich weiß alles noch ganz genau, auch wenn es schon vierundfünfzig Jahre her ist. Dein Vater trug eine braune Hose und eine dunkelgrüne Jacke. Aus Lodenstoff und mit Hornknöpfen, wissen Sie? Ich kam aus einem Bäckerladen, und genau vor seinen Füßen fiel mir der Kuchen runter, den ich gerade gekauft hatte.«
Er konnte sich eine elegante Gehässigkeit nicht verkneifen. »Eine Zwischenfrage, Mama: Was war das für 'n Kuchen?«

»Napfkuchen.«
»Und warum erzählst du uns das gerade jetzt?«
Sie wirkte verlegen. »Fiel mir gerade ein.«
»Haben Sie denn in Berlin alles gesehen, was Sie sich vorgenommen hatten?« lenkte Rosemarie ab.
Frau Liebling legte das Besteck ab, um in die Hände zu klatschen. »Ach – da ist noch viel. Durch Robert bin ich leider immer so angebunden...«
Er wechselte mit Rosemarie einen langen, um Verständnis heischenden Blick. »Klar, fällt ihr schwer, sich von mir zu trennen! Aber nach 'n paar Wochen hat sie immer Heimweh nach Köln.«
Elfriede Liebling schaute ihn entgeistert an, verstand und ordnete mit dem Messer die letzten drei Rosenköhlchen auf ihrem Teller. »Warum kommst du jetzt darauf?«
Robert zwang sich, hart zu bleiben. »Weil ich deinen Rückflug für morgen gebucht habe.«
Ihre Hand tastete zum Weinglas, und sie sagte leise: »Papa war auch immer ein Mann von schnellen Entschlüssen.« In ihrer Stimme schwangen ein bißchen Wehmut und ein bißchen Stolz mit. »Du hast 'ne ganze Menge von ihm.«

*

Nachdem er seine Mutter zum Flughafen Tegel gebracht hatte, eilte Liebling nach Moabit. Er wollte dort bei einer Verhandlung zu großer Form auflaufen, aber der Prozeß wurde vertagt. Was also sollte er mit dem angebrochenen Vormittag machen? Er ging zum großen Schwarzen Brett, an dem alle laufenden Gerichtsverfahren nach Sälen geordnet angeschlagen waren. Rosemarie Monks Namen fand er auf dem Zettel vom kleinen Saal 14. Er verglich die Uhrzeiten, pilgerte langsam durch das Gebäude und wartete dort vor der Tür.

Nach zwanzig Minuten war die Verhandlung beendet. Zuhörer verließen den Saal, ein Anwalt und sein Mandant folgten, und der uniformierte Justizbeamte schloß hinter ihnen die Tür. Liebling ließ noch ein paar Minuten verstreichen, ehe er eintrat.

Staatsanwältin Dr. Monk saß an ihrem Platz und machte ein paar Abschlußnotizen. Vorsichtig auftretend ging er auf sie zu, doch seine Anschleichtaktik hatte nicht den von ihm gewünschten Erfolg.

Ohne aufzublicken, fragte Rosemarie: »Wo kommen *Sie* denn her?«

Stumm und übertölpelt stand er neben ihr und antwortete nichts.

»Wir waren erst für morgen verabredet«, fuhr sie fort. »Und zwar nicht vormittags, sondern abends«, sie erhob sich und schob ihre Akten zusammen, »und auch nicht im Gerichtssaal, sondern bei Ihnen zu Hause.«

Entschlossen machte Liebling einen Schritt auf sie zu, breitete die Arme aus, und in seinem schwarzen Talar sah er aus wie ein landender Rabe, der sich auf seinem Räbchen niederließ. Er küßte sie nach allen Regeln guterzogener Liebhaber, vielleicht drei, vier

Sekunden über jene Zeit hinaus, die zum ungehinderten Luftholen notwendig war.
Keineswegs erschüttert, sagte sie: »Mein Gott, Herr Kollege, da verrutscht einem ja die Robe.«
Er wollte seinen Überfall unbedingt begründen. »Ich hab' gedacht, es gibt keinen Ort, der besser paßt und würdiger is als 'n Gerichtssaal, um sich das erste Mal zu küssen.«
Sie war wißbegierig. »Haben Sie vor, mich noch mal zu küssen?«
Jemand öffnete die Saaltür und blickte herein.
»Sehen Sie nicht, daß hier besetzt ist?« rief Rosemarie und zupfte an ihrer Robe herum.
Als die Tür wieder zuklappte, äußerte Robert: »Ehrlich gesagt – ich hatte 's mir 'ne Spur romantischer vorgestellt. Aber es is 'n ermutigendes Zeichen, daß Sie nich um Hilfe gerufen haben.«

*

»Frau Gildemeister«, sagte Paula und ließ eine unauffällige und schüchterne junge Frau im korrekten Schneiderkostüm in Arnolds Büro eintreten.
Er erhob sich und zeigte auf den Besucherstuhl vor seinem Schreibtisch. »Was kann ich für Sie tun?«
Die blickte ihn nicht an. »Sie müssen wissen, daß mein Mann Leiter einer Bankfiliale ist.«
»Hat diese Erklärung mit Ihrer Sache zu tun?«
Sie sprach in Richtung Fußboden. »Oh, ja. Wenn er nämlich davon erfährt, bringt er mich um.«
»Nanana«, machte er ungläubig.

»Oder er verläßt mich«, setzte sie hinzu. »Das wäre nicht weniger furchtbar. Ich muß mich da ganz auf Sie verlassen können.«
Ihm wurde die lange Einleitung lästig. »Aber ja doch, Frau Gildemeister. Vielleicht können wir jetzt zum Kernpunkt Ihres Anliegens kommen.«
Die ganze Geschichte, die sie auf dem Herzen hatte, war ihr offenbar so peinlich, daß sie lange nach einer passenden Eröffnung suchte. »Eine Freundin hat mich auf die Idee gebracht. Sie macht das schon länger. Sie ist auch verheiratet, und ihr Mann weiß nichts davon.«
»Jetzt müssen Sie mir nur noch sagen, wovon der Mann Ihrer Freundin nichts weiß.«
»Sie arbeitet nebenher«, sagte sie leise.
»Das machen doch viele Ehefrauen. Es handelt sich dabei meistens um eine steuerliche Variante.«
Frau Gildemeister machte den Eindruck, als fühlte sie sich in die Ecke gedrängt. »Keine steuerliche, wohl mehr eine außereheliche Variante...«
»Wie darf ich das verstehen?«
»Sie trifft sich mit Männern, und sie bekommt Geld dafür.«
Arnold hielt sich bedeckt. »Ja?«
»Sie hat sich eine kleine Wohnung gemietet, und während Ihr Mann im Büro ist, empfängt sie ihre Besucher. Viermal die Woche von elf bis drei. Ihr Mann ist übrigens Rechtsanwalt – wie Sie.«
Einen Augenblick lang dachte er an Louise, aber die

war ja an der Uni. »Sind Sie wegen Ihrer Freundin hier?«
»Nein, wegen mir. Sie hat mich, wie schon gesagt, auf die Idee gebracht...«
»Frau Gildemeister, ich bin nicht dazu da, um moralische Urteile abzugeben«, ermutigte er sie. »Erzählen Sie mir einfach, wo das Problem liegt, und dann werden wir sehen, ob wir Ihnen helfen können. Darf ich fragen, auf welche Weise Sie zu Ihren Kunden kommen? Sprechen Sie sie auf der Straße an?«
»Natürlich nicht. Ich habe eine Annonce mit meiner Telefonnummer aufgegeben.«
Arnold musterte sie genauer. Sie war keine dreißig, machte auf ihn einen guten, durchaus bürgerlichen Eindruck. »Ist Ihre Ehe nicht in Ordnung?«
Er mußte genau hinhören, denn ihre Antwort war kaum zu verstehen. »Auch in der Kirche wird manchmal weniger gesungen, als man erwartet.«
Mit einer auffordernden Handbewegung erinnerte er sie daran, zur Sache zu kommen.
»Eines Tages kam ein Herr Rudolph. Ein angenehmer Mensch. Es gab keine Schwierigkeiten, keinen Streit, keinen Ärger, er ist pünktlich gekommen und pünktlich gegangen, und er hat reell bezahlt. Beim zweiten Besuch hatte er kein Geld bei sich. Meine Freundin hat mir zwar eingeschärft, *vorher* das Geld zu verlangen, aber weil Herr Rudolph schon mal da war, nahm ich das nicht so genau und habe nicht vorher gesagt: ›Darf ich um das Präsent bitten.‹«

»Um wieviel Geld ging es?«
»Um dreihundert Mark. Zweihundertvierzig für zwei Stunden plus Getränke extra. Er hat so getan, als wäre ihm das schrecklich peinlich, kein Geld dabeizuhaben, und er hat gesagt, er würde es am nächsten Tag bringen. Aber damit war ich nicht einverstanden. So gut kannte ich ihn auch wieder nicht. Schließlich haben wir uns geeinigt, daß er mir als Pfand einen Ring daläßt. Er sagte, der Ring wäre viel mehr wert. Er hat eine Art Schuldschein geschrieben, daß er innerhalb von sieben Tagen kommt und den Ring gegen dreihundert Mark auslöst. Den Zettel hab' ich unterschrieben, er hat ihn eingesteckt und ist gegangen.«
»Darf ich mal raten, Frau Gildemeister? Er ist nicht wiedergekommen, und es hat sich herausgestellt, daß der Ring nichts wert war.«
»Wenn es das nur gewesen wäre. Nach zehn Tagen war er immer noch nicht aufgetaucht. Aber ich brauchte das Geld, um die Miete der kleinen Wohnung zu bezahlen. Da habe ich den Ring verkauft, und zwar genau für die dreihundert Mark, die Herr Rudolph mir schuldete. Drei Tage später kam er mit dem Geld und forderte seinen Ring zurück. Er hat mir den Zettel unter die Nase gehalten, auf dem wir die Sieben-Tage-Frist ausgemacht hatten. Aber da stand jetzt siebzehn Tage. Er hat einfach eine Eins davorgesetzt. Als er dann ging, hat er gesagt, der Ring sei 3000 Mark wert. Und gestern bekam ich eine

Vorladung zur Vernehmung wegen Unterschlagung. An meine richtige Adresse! Stellen Sie sich vor, mein Mann wäre an den Briefkasten gegangen.« Sie reichte ihm die Vorladung über den Tisch.

*

Sie ließ einen Hauch von Knie sehen. Robert Liebling war über alle Maßen entzückt. Rosemarie Monk hatte sich nach neuester Mode gekleidet. Mit ihrer Figur konnte sie sich kurze Röcke leisten. Perfekter Formenverlauf von den schmalen Hüften über die Oberschenkel, die klassischen Waden und die schlanken Fesseln. Anna mit ihrem ziemlich erdverbundenen Fahrgestell und Dodo mit ihren runden Knien verblaßten dagegen weit hinten am Horizont.
Ihr gefielen seine Blicke, und sie drehte sich einmal im Kreis. »Akzeptiert, Herr Anwalt?«
»Aber reichlich, Frau Staatsanwältin. Sie sehen sehr flott aus. Es verschlägt mir schier die Sprache.« Er errechnete flugs ihr Alter und kam auf muntere achtunddreißig, taxierte ihre Maße und fand es schade, daß diese Figur von Berufs wegen in eine unkleidsame schwarze Robe eingehüllt wurde und dem Gerichtswesen lichte Augenblicke verborgen blieben. Was er dachte, zeigte sein Gesicht hochpotenziert.
Nach eigenem Eingeständnis dem Umgang mit Anwälten nicht fremd, fand sie Lob angezeigt. »Sie legen sich aber mächtig ins Zeug. Wissen Sie eigentlich, daß man Sie bei Gericht für rhetorisch stark hält?«

Er wunderte sich. »Is wahr? Als Kind is mir eingepaukt worden, daß ich den Mund halten soll, wenn ich 'n guten Eindruck machen will.«
»Wie gut, daß Sie das nicht beherzigt haben. Mein Sohn nimmt auch kein Blatt vor den Mund. Als ich mich vorhin zu Hause geschminkt habe, hat er mich gefragt, wozu ich mich auf meine alten Tage noch so aufdonnere.«
»Das Kind hat keinen Geschmack«, sagte Robert. »Haben Sie ihm ein paar gefeuert?«
»Dafür ist er schon zu groß. Ich hab' ihm gesagt, daß er ins Bett gehen kann und heute nicht auf mich zu warten braucht – es könnte später werden. Darüber ärgert er sich jetzt krank.« Sie blinzelte zur Deckenlampe.
Robert verstand die Signale. Er holte eine neue Flasche Wein und zeigte ihr das Etikett. »Wie is 'n mit dem? 'n achtziger d'Alsace. Macht 'n schlanken Fuß.«
Er goß die Gläser wieder voll, drehte mit dem Dimmer das Licht herunter und drückte auf den Startknopf des Recorders. Count Basie, Gott hab' ihn selig, und Tony Bennett swingten »I guess I'll have to change my plans«.
Rosemarie lehnte sich zurück, summte mit, fühlte sich rundum wohl und sagte: »Stark.«
»Wenn Sie was anderes hören möchten...«
»Bloß nicht.« Sie kam in jene charakteristische Stimmung, die sich Beschreibungen mit Recht entzieht.

»Haben Sie keine Briefmarkensammlung, die Sie mir zeigen wollen?«

Die ersten Signale hatte er zwar kapiert, aber jetzt schaltete er nicht sehr schnell. »Wie kommen Sie plötzlich auf 'ne Briefmarkensammlung?«

Das zu hastig getrunkene Glas d'Alsace verleitete Rosemarie zur Offenheit. »Sie können das nicht wissen, aber ich sag's Ihnen: Sie sind einer der schüchternsten Männer, mit denen ich es je zu tun hatte.«

Robert schluckte die Kröte, holte jedoch sofort die Kuh vom Eis. »Sie glauben gar nicht, wie viele Frauen mir das schon gesagt haben.«

Retourkutschen schmeckten ihr nicht. »Sie denken wohl, Sie können sich mit einem Witz aus jeder Situation retten?«

»Befinden wir uns denn schon in einer Situation?«

»Na, wenn das keine ist«, sagte Rosemarie anzüglich, »weiß ich auch nicht weiter. Warum habe ich mich dann so schön gemacht?«

»Um Ihren Sohn zu ärgern.«

Es war genau das Geplänkel von zwei sehr erwachsenen Leuten, die den Ernst der Stunde nahen fühlten und sich Gedanken machten, wie sie sich am gescheitesten einander näherten, ohne in den Augen des anderen gleich beknackt zu wirken. Küssen, na, das ging ja noch, aber wenn die Grifffreude nicht unter Kontrolle zu halten war, was dann?

Die psychologischen und chemischen Fragen wurden erst einmal vom rettenden Telefon unterbro-

chen. Robert lenkte seine Sinne vom Körperlichen zum Geistigen um und nahm den Hörer ab. »Liebling!«
»Tag, Papa. Ich muß was Wichtiges mit dir bereden.«
Vater Robert richtete die Augen himmelwärts und zeigte für Rosemarie erst auf den Hörer und dann hinüber auf das flache Bord, auf dem ein gerahmtes Foto von Sarah stand. »Aber nich jetzt! Du hast in meinem Privatleben nach zwanzig Uhr nichts zu suchen.«
»Papa, es ist *sehr* wichtig! Und tu bloß nich so, als wärst du eben dabei, einen Baum auszureißen!«
»Was weißt denn du?« tadelte er mit einem Blick zu Rosemarie.
»Erinnerst du dich an meine Freundin Andrea...«
Er erinnerte sich nicht. »Und weiter!«
»Die is an 'ne tolle Wohnung rangekommen. Zweieinhalb Zimmer mit Dusche und Bad. Für dreihundertsechzig im Monat, und zwar warm. Wir müßten völlig verblödet sein, die nich zu nehmen. Mama hat natürlich was dagegen.«
»Moment mal: Du willst mit deiner Freundin in 'ne eigene Wohnung ziehen? Wie alt is Andrea?«
»Achtzehn. Wir brauchten auch keine neuen Möbel oder so. Was bei mir und Andrea rumsteht, reicht dicke. Wir brauchen bloß jemand, der uns bei der Miete 'n bißchen unter die Arme greift.«
»Und jemand, der's erlaubt, meine Süße!«

»Andreas Eltern haben nichts dagegen und schießen die halbe Miete zu. Bloß Mama is wieder mal stur wie 'ne Ampel.«
»Und was soll ich dabei?«
»Mit Mama reden. Nich bloß telefonieren, sondern richtig reden. Wenn ich zu Hause bin, zanken wir uns den ganzen Tag, aber weg läßt sie mich nich.«
Er sah das alles vor sich. Ewig sturmfreie Bude, von den Eltern finanziert. »Sag mal, is da zufällig irgend 'n Junge mit im Geschäft?«
»In der Wohnung?«
»Frag nich so dämlich! Klar, wo sonst?«
Sarah holte tief Luft und keuchte ihren Frust durch den Draht. »Ich muß dich mal aufklären, Papa: Jungs und Sex sind im Augenblick vollkommen out. Und zwar schon seit drei Wochen.«
»Verstehe.«
»Nischt verstehst du. Kann sein, daß man das in deinem Alter nich mehr so mitkriegt. Aber deswegen erklär' ich dir's ja!« Doch offenbar wollte sie keine Perlen vor die Säue werfen. Sie legte auf.
Vater Robert nahm den Hörer vom Ohr, sah ihn an, als könne er Sarah noch ein Wort hinterherrufen, runzelte die Stirn und sprach verdrießlich: »Meine Tochter – sie beschert mir nix als reines Glück!«
Unglückliche Väter haben etwas an sich – von der lieben Natur ist das so eingerichtet –, das in jungen Frauen eine mütterlich beschützende Saite anklingen läßt. Rosemarie schmiegte sich sogleich an ihn

und gab ihm allein durch ihre kosenden Hände zu verstehen, daß in wirklich ganz naher Zukunft allerlei Mitgefühl auf ihn zukommen werde. Auch hatte sie aufgepaßt, wo der Tischdimmer stand. Sie dämpfte das Licht so weit, daß sie gerade noch Roberts hübsche große Nase sehen konnte, knöpfte sein Hemd auf und kämmte mit dem Zeigefinger seine Brusthaare.

Er schaffte es, ohne seine Körperhaltung wesentlich zu verändern, Count Basie auf die zweite Spur umzulegen und flink sein Weinglas zu leeren. Die Stunde der Wahrheit näherte sich mit der entschlossenen Bewegung von Rosemaries schlanken Beinen.

Baulich gesehen, war Robert Lieblings Behausung ideal geschnitten. Es bedurfte nur eines kleinen Bummels, um aus dem Wohnzimmer in jenes Gemach zu wechseln, in dem die nützlichste aller menschlichen Errungenschaften stand – das Bett. Und bei diesem Ortswechsel traf es sich gut, daß Basies Showtime rhythmisch begabte Leute wie Robert und Rosemarie zu langsamen Schritten zwang. Rennen, nicht wahr, konnte so entlarvend sein...

*

Giselmund Arnold ging in jene »Kirche«, in der für Frau Gildemeister ausreichend »gesungen« wurde, also in die kleine Wohnung, die sie sich für Begegnungen mit Herrn Rudolph und anderen gemietet hatte. Die junge Frau trug über ihrer Berufskleidung,

einer aparten Korsage, einen durchsichtigen Morgenrock, in dem sie sich ein wenig deplaziert fühlte, denn Arnold war schließlich kein Kunde.
»Es hat den Anschein, als kämen sich Ihre und Herrn Rudolphs Interessen sehr nahe«, sagte er. »Sie wollen nicht, daß Ihr Mann von Ihrem ›Nebenerwerb‹ erfährt, und er will nicht, daß seine Frau erfährt, wo der ominöse Ring geblieben ist.«
Frau Gildemeister erschrak. »Sie haben doch nicht etwa mit ihm gesprochen?!«
»Ich mußte. Der Staatsanwalt will das Verfahren wegen Geringfügigkeit einstellen, wenn der Kläger erklärt, daß der Schaden ausgeglichen ist. Als ich Ihrem Herrn Rudolph erläuterte, daß er den von ihm angegebenen Wert des Ringes bei einer Verhandlung belegen müsse, lenkte er ein. Nur seine Frau könne darüber gehört werden, daß dieser Ring ein teures Erbstück ist. Na, und das will er natürlich nicht. Er ist bereit, bei Zahlung von achthundert Mark dem Vorschlag der Staatsanwaltschaft zu folgen.«
Sie wollte auf Nummer Sicher gehen. »Damit wir uns richtig verstehen: Ich zahle ihm achthundert Mark, und alles ist erledigt?«
»Noch nicht. Einer solchen Regelung muß das Gericht zustimmen – und daran zweifelt niemand. Sind Sie einverstanden, an Herrn Rudolph diese achthundert Mark zu zahlen?«
Ehe die überlebenslustige Frau Gildemeister antwor-

ten konnte, klingelte es an der Tür. Dreimal kurz, einmal lang. Sie schaute auf die Uhr, schüttelte verwundert den Lockenkopf und öffnete, nachdem sie durch den Türspion geblickt hatte.
Herr Rudolph trat ein. Freundlich grinsend, in keiner Weise durch Arnolds Anwesenheit schockiert, fragte er die Dame: »Warum hast du mich nicht wissen lassen, daß Besuch hier ist?«
Jetzt bewegte sie sich genau passend zu ihrer Reiz-Uniform. »Du kommst eine halbe Stunde vor der verabredeten Zeit.«
Nun sah er überrascht auf seine Uhr und lachte Arnold an. »Tatsächlich? Tja – die einen kommen zu früh, und die anderen gehen zu spät. So ist das wohl immer.«
Arnold verabschiedete und vergewisserte sich: »Meine Rechnung schicke ich hier an diese Adresse?«
Frau Gildemeister nickte heftig, und ehe Arnold die Liebeslaube ganz verlassen hatte, bemerkte er, daß der zum Schadensausgleich bereite Herr Rudolph erste Maßnahmen traf, die vorgeschlagenen achthundert Mark abarbeiten zu lassen...

*

Robert Liebling stand auf der Leiter und weißte mit einer Rolle die Zimmerdecke in Sarahs neuer Wohnung. Sie stand unten und sprang manchmal zur Seite, wenn ein Tropfen Farbe ansegelte.
»Klasse kannst du das«, lobte sie ihn.

Dieser unglaubliche Vater schob seine Papiermütze, die er sich aus einer Zeitung gefaltet hatte, in die Stirn und sagte ernst: »Viele schwitzen, und nur wenige wissen, warum. Und jetzt will ich 'n Bier haben!«
»Ich glaube, es is keins da«, wagte Sarah zu sagen.
»Dann geh runter und hol was! Denkste, ich streich' hier den ganzen Tag, ohne was zu trinken?«
»Erzähl mir erst, wie das mit Mama gelaufen is.«
»Da war weiter nix. Ich hab' ihr gesagt, wie das mit Oma war. Daß sich zwei Leute, die sich im Grunde sehr gern haben, sich mächtig auf die Nerven gehen, wenn sie zu dicht aufeinanderhocken. Na, und bei euch is das doch so. Ihr könnt kaum noch wie normale Leute miteinander reden. Und dann habe ich ihr noch gesagt, daß du kein Baby mehr bist...«
»Du bekommst 'n ganzen Kasten Bier, Papa«, rief sie selig.
»Zisch endlich ab! Aber bilde dir bloß nich ein, daß das hier 'ne Feten-Bude wird!«

Knaur

Grave, Stephen
Miami Vice –
Heißes Pflaster Florida
Sie fahren schnelle Autos, tragen teure Kleidung, haben tolle Mädchen – aber auch einen gefährlichen Beruf: die zivilen Polizisten von Miami Vice.
192 S. [1475]

Miami Vice – Die Klinge
Wieder einmal müssen Crockett und Tubbs, die beiden Detektive von Miami Vice, sich in den Untergrund wagen – und mehr als einmal steht ihr Leben auf Messers Schneide! 192 S. [1477]

Miami Vice –
Schnee aus China
Kühl und gelassen und durch nichts zu erschüttern – so kennen Crockett und Tubbs, Detektive bei Miami Vice, ihren Chef Lieutenant Martin Castillo. Doch die eiskalte Oberfläche täuscht…
192 S. [1478]

Miami Vice –
Spiel um Rache
Der zweite Roman nach der erfolgreichen Dienstagabend-TV-Serie, die den ARD-Zuschauern die Dallas-Pause verkürzte.
192 S. [1476]

Heim, Peter
Die Schwarzwaldklinik
Roman nach der ZDF-Fernsehserie von Herbert Lichtenfeld. 336 S. [1485]

Die Hochzeit in der Schwarzwaldklinik
416 S. [1486]

Menschen und Schicksale in der Schwarzwaldklinik
432 S. [1487]

von Lichem, Sylvia
Die glückliche Familie
Langeweile kommt in der Familie Behringer nicht vor. Eher schon einmal die Sehnsucht nach einem beschaulichen Wochenende, an dem Maria und Florian Behringer mal nicht für ihre zwei fast erwachsenen Töchter oder das Nesthäkchen Tami da sein müssen… Der Roman zur TV-Serie mit Maria Schell und Siegfried Rauch in den Hauptrollen.
304 S. [1600]

Rentsch, Alexander
Liebling Kreuzberg
Robert Liebling arbeitet als Rechtsanwalt in Kreuzberg, zusammen mit seinem Sozius Arnold, einem jungen Anwalt aus Stuttgart, der mit dem unkonventionellen Stil seines Arbeitgebers gar nicht zurechtkommt… Der Roman zur TV-Serie.
208 S. [1588]

Stevens, Serita Deborah
Cagney & Lacey
Zwei Frauen im harten New Yorker Polizeieinsatz. Sie könnten Schimanskis Schwestern sein: Cagney und Lacey. Und sie sind das außergewöhnlichste Team, das es bei der New Yorker Polizei je gab. Der Roman zur TV-Serie.
288 S. [1440]

Bücher zu Fernsehserien